CROSS NOVELS

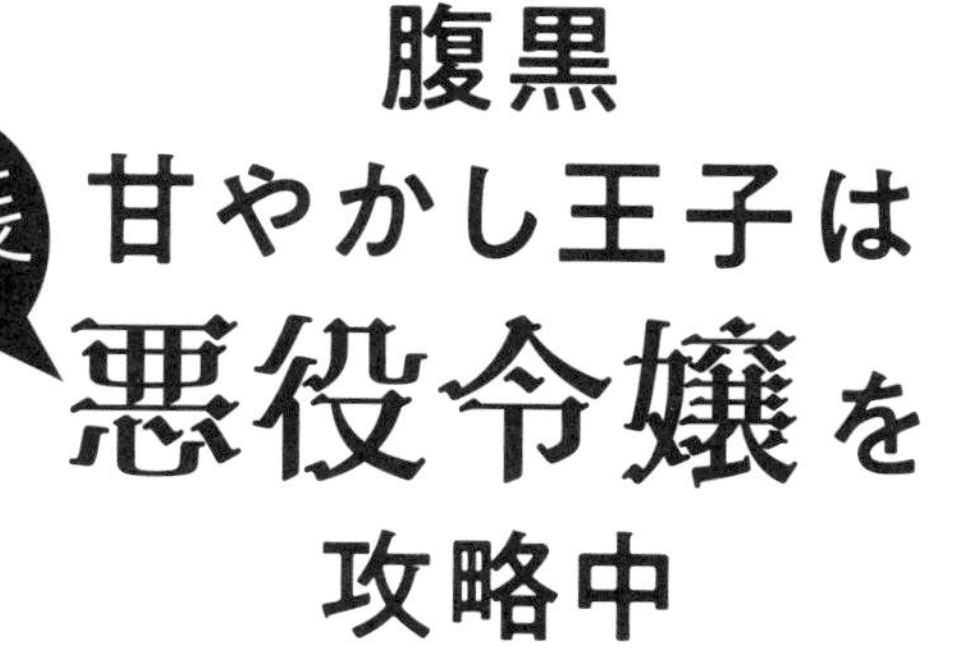

切江真琴
NOVEL *Makoto Kirie*

林 マキ
ILLUST *Maki Hayashi*

Contents

腹黒
女装 甘やかし王子は
悪役令嬢を
攻略中

1

「え。レポート提出って明後日だっけ？　やばい、姉ちゃんの命令で乙女ゲームの隠しシナリオ出すのに夢中になってた」

マジかよ、終わったな、とスマホから友人のけたたましい笑い声が響いてくる。すぐ脇の国道を走るトラックの音よりうるさいのだから相当だ。

「今？　さっきやっと全キャラ制覇して隠しシナリオ出たから、一人打ち上げでコンビニにポテチ買いに来たとこ。真夜中ってなんかこう出かけたくなるじゃん？　――いや、馬鹿にするけど結構面白かったんだって。ライターが夢で会った人に聞いた本当の話、ってアレな触れ込みなんだけど、キャラがわりとよくてさ。特に隠し攻略キャラがなんと、意地悪悪役令嬢なんだよ」

　まさかの百合展開、と予想通りの突っ込みが入るが、違うのだ。

プレイヤーキャラ・アリスに何かと突っかかってくる、いわゆる悪役令嬢クロディーヌ。実はそいつは女装した超イケメンだったのである。

「しかも女装の理由ってのが『美しい俺には男物よりも女性の纏(まと)うひらひら衣装の方がより似合うから』だぞ。めっちゃギャグ要員かよ、って感じなのに、そんなナルシスト男が俺の操作するアリスちゃんにめろめろになって女装解除すんの。この、男に戻った時のスチルがマジ美形でキラッキラで、さすが隠しキャラ強いっていうか――いやいやいや、別にそこまで気に入ってないって」

　悪役令嬢男を褒めていたら『よほどタイプだったんだな』とからかわれてしまった。たしかに友達だったら楽しそうな奴ではあるが、乙女ゲームプレイヤー目線でいうなら『推し』は他のキャラだ。

「どっちかっていうと俺は面白キャラよりは……」

一番好みのキャラクターについて語りかけた背後で、クラクションが連続で鳴り響いた。同時にブレーキの音、けたたましく何かがぶつかる音。振り向けば、視界いっぱいに眩いヘッドライトの光。

なのになぜか、憔悴し目を見開いた運転手の顔がよく見えた。

――ちょ、ここ歩道なんですけど……?!

なんでトラックが、と思う間に映像は暗転し――。


――というところで記憶が途切れているのを、廊下で滑って転んで一瞬意識を失っている間にクロードは思い出した。

今とはまったく違う世界で生きていた自分の記憶。二十一歳大学生の人生丸ごとが唐突に流れ込んできた。

これはあれだ、いわゆる前世を思い出したってやつじゃないだろうか。目をつぶっていても眩暈がしているような変な感覚なのは、転んだ時に頭を打ったからというより膨大な記憶が蘇ったせいかもしれない。

――それにしても、記憶の切れ目のアレってどう考えても巻き込まれ事故だよな。

電話していた友人にも、突然訃報を聞いた家族にもトラウマものの最期な気がする。だが自分はこうして無事転生することができているので、みんなも幸せに暮らしてくれていたらいいなと思う。

ところで、倒れた自分を誰かが抱きかかえてくれているようだ。おかげで固い床に寝転がらずに済んでいる。礼を言わなくてはと、ゆっくりクロードは目を開けた。

そこには、黒髪藍眼のきらきらしい美形がいて、自分をじっと見つめていた。

え、と一瞬混乱する。知った顔だ。さっきまでプレイしていたゲームで一番お気に入りの攻略キャラ、アルベリク王子だ。

――なんでアル？　なんでゲームキャラがここに？　っていやいや、ゲームじゃなくて普通に知ってる人だし、ていうか、ん……？

思い出したばかりの前世の記憶と現実が混線している。この美形は現在貴族学院で同じ講義コースを選択しているアルベリク王子、なのだけれど、前世的記憶からしたらゲームの攻略キャラなのだ。

え、あれ、どういうこと、と頭の中が疑問符でぐるぐるする。そんなクロードへ、眉を下げ心配そうな顔をした王子が「大丈夫ですか？」と尋ねてきた。

「廊下が濡れていて転んだようですが、どこか痛むところはないですか？　クロディーヌ嬢」

と。

「……んんっ？」

思わず間抜けな声が出た。

クロディーヌ。女装悪役令嬢。本名はクロード・フロリアン・ド・ルグラン。クロディーヌは女性装をしているときに名乗っている名前で、今クロードは女装をしているのでクロディーヌで間違いないのだけれど、というか。というか……。

「……俺が、あのクロディーヌ⁉」

そう叫んでアルの腕から身を起こし勢いよく立ち上がり、クロードは自分の身体を見下ろした。

シャランラ～という効果音が聞こえてきそうな、それはそれは麗しい装いを、他ならぬ自分がしていた。

水色のワンピースドレスのボディは身体の線に沿っていて胸はまったいらだ。なのに十分女性らしく見えるのは、大きな襟にも袖にもたっぷりとレースが使われているからだろうか。くるぶし丈のスカートはふんわり広がって裾にもまたレースがひらひらしている。

ちょっと待って、待って、と何にストップをかけているのだかわからないが脳内には「まあ待て」という言葉しか浮かんでこない。たしかに自分はクロディーヌだけれど。別にこの世界での記憶が失くなったわけじゃないからそりゃあもちろんわかっているのだけれど。それでも声を大にして突っ込みたい。

――転生したら女装悪役令嬢だったんですけど?!

友人との電話でネタにしていた乙女ゲームの女装悪役令嬢クロディーヌが自分。正直信じたくない。

クロードは両手で顔を覆い天を仰いだ。

だって、だってである。ゲームプレイヤーとして一番ツボに入った「美しい自分には女性装が似合う」というセリフ、きっちりしっかりこの口で言い放った記憶があるのだ。黒歴史だ。

黒歴史というものは過ぎ去った過去を眺めて苦く悶えるものだがクロードの場合は違う。今も現在進行形で女装中だ。「女装の似合う美しいわたくし」自体が黒歴史なので今まさに黒歴史を生産しているわけで、これはもう恥ずかしさの極致といっていい。

心行くまで悶絶したかったが、そういえばアルがいたのだったと気づいてクロードは慌ててそちらを振り向いた。

アルベリク王子は王子らしい泰然とした態度で、クロードの奇行をじっと見守ってくれていた。こんな怪しい人間を前にしていながら凪いだ海のような微笑みを浮かべているその穏やかさ、見習いたいものだ。いまいち何を考えているかわからないけれど。

それにしても美形だ。ゲーム内のスチル――キャラの一枚絵にウソ偽りなしだなあ、などとつい見つめ、いやいやゲームじゃなくて実在する王子だから、と我に返る。だが一方で、ゲームの攻略サイトでもアルは、何考えてるんだかわからないとか仮面貼り付け系キャラとかさんざん言われてたんだよな、と思い出し、クロードは小さく笑った。

「ごめんなアル、起こしてくれてありがとう」

そう謝罪と礼を口にしたところ、アルはびっくりしたように目を見開いた。

「あ」

ゲームプレイヤーの自分は攻略キャラたちを友人のような距離感で見ていたから、ついその記憶に引き摺られてしまった。しかしこの世界ではアルは王子で、クロードは侯爵家令息だ。この言葉遣いはさすがにない。

慌ててスカートをつまみ、高い裏声を出して「助けてくださってありがとうですわ、アルベリク様」とクロードは頭を下げた。我ながらちょっとおかしいと思う言葉遣いになってしまったのは、どう考えても前世の自分のせいだ。「ありがとう……ですわ……？」とアルは、またも見たことのない怪訝な顔で呟いている。

「クロディーヌ嬢、見た目ではわかりませんがもしかしてしたたか頭を打ち付けてらっしゃいませんか……？」

「えっ、いえあの、そこまでひどくはない……っですわ」

　蘇ったばかりの前世の記憶に翻弄され、とりあえず「ですわ」とつけることで誤魔化してみるがアホっぽい。というか、アルの問いかけも言葉は丁寧だが、「アホになってませんか？」という真意がオブラートに包みきれていない。

　自分のことなのに不意に可笑しさが込み上げてきてしまった。つい、ふふっと笑うと、アルが首を傾げ、つられたようにおっとり微笑む。

　――やばい、ちょっと面白い。

『微笑』『無表情』『キメ顔』のみっつのお面を付け替えてるだけの王子、なんて乙女ゲーマーたちに評されていたアルが、こんなふうに困惑して曖昧に笑ったり、ちょっとばかり失礼な心配をしてくれたりするのはなかなかレアな状況だ。前世の自分からするとアルはちょっと年下なんだ、と思うと余計に微笑ましく思えてきた。

　まずい。この奇妙なテンションのままだとまた語尾に「ですわ」をつけただけのアホっぽい喋りを披露してしまう。危機回避のため、クロードはそそくさと挨拶を口にした。

「ええと、わたくし、まだ用事が残っておりますので、失礼いたしますわ。新学期まで、ええと、ごきげんよう」

「あ、はい。そうですね、新学期にまたお会いしましょう」

　クロードの仕切り直しに、ハッとしたようにアルも王子然とした笑みを取り戻した。右手を左胸に当て軽く目礼をすると、「では」と優雅に背を向ける。

　中庭に面した開放廊下を去ってゆくアルを、しばしクロードは淑女らしい微笑みを浮かべて見送った。だがT字になった廊下の突き当りをアルが左に曲がり完全に姿を消すと、人前ということで張り詰めていた気力が失せ、混乱がどっと肩に落ちてきた。

転生という事象があるのはいい。前世を思い出すのもまあ、本や漫画でさんざん読んだからありだとは思う。だが。

——ゲームのキャラに転生って何……?!

しかも女装悪役令嬢という色物の極みである。せめてアルのようにまともで真面目な王子様なら納得できたのに。

「って、そうじゃなくて」

自分も知り合いもゲームキャラ、ということは、ここはゲーム世界なのだろうか。ふと湧いた疑惑に、思わずぺちんと自分の頬を叩いてみるが、普通に痛い。どう考えても現実だ。しかし前世でプレイしていたゲームキャラとそっくり同じ人物がいるのも事実で、自分もゲームと同じくナルシスト女装子である。悪役令嬢である自覚はないが。

——……あれ？　……女装だよな、ただの……。

股間にちゃんと付いている感覚はあるが、いてもたってもいられずクロードは水撒きしたばかりと思しき中庭の薔薇園へと入り込んだ。花は咲いていないが葉は茂っているし、そもそもまだ春休みなので周囲に人の姿はない。むしろよくアルと出会ったものだと思う。

きょろきょろと辺りを見回し、クロードはやにわに自身の股間を摑んだ。そこにはしっかり、付いているべきものが付いていていた。ほっと深く安堵する。

「クロディーヌ嬢?」

「ひゃいっ⁈」

肩の力を抜いたのも束の間、いきなり呼びかけられて裏返った声が出た。振り向けば、先ほど去ったはずのアルが渡り廊下に戻ってきている。股間を握ってるところなんか見られていないだろうな、とどぎまぎしつつクロードは淑女笑顔で廊下へ向かった。

「どうした……なさったのですか、アル、ベリク様」

「いいえ、あなたが……その、帰る途中で具合が悪くなったらどうしようかと思い、やはり私がお送りしようかと」

「え。いいえ、それは申し訳ないです、わ」

王子でありながら遠慮がちにアルが提案してくる。転んで言動が不安定なクロードを心配してくれているのだろうか。単にアホの子を一人にしておけないと思われただけかもしれないが。ともあれほいほい足代わりに使うのも悪い気がしていったん辞退してみるも、アルは悲しそうに眉を下げた。

「いいえ、送らせてください。――図書館へ行くのでしょう。それもお付き合いしますから」

ごく自然に肘を曲げたアルが、どうぞというように眼差しで頷く。エスコートまでしてくれるとは、本当に親切王子だ。これはもう諦めて好意を受け入れるべきだろう。

「そ、それでは、お言葉に甘えて……」

できるだけ言葉遣いに気をつけつつ、クロードはアルの腕に軽く指先をかけた。

そういえば自分の用事が図書館だと言ったかな、とふと思うが、あわあわしている時に口走ったのだろうと納得し、クロードは可能な限りしずしずと足を運んだのだった。

——姉ちゃん、俺は今、最推しのアルと馬車に乗っています……。

前世風に言うとこう、といまいち現実を受け止めきれないままクロードは考える。

ちゃんとこの世界での記憶もあるので、貴族学院は十三歳になったら貴族の子女はみんな通うもの、通学は馬車オンリー、という事情は理解している。だから「お送りします」と言われたらそれは同じ馬車に乗るのを意味するのだけれど、現状がレアケースなのは変わりない。

王族の馬車だけあって重厚な造りだ。飴色（あめいろ）の艶のある車箱に臙脂（えんじ）のビロード張りの内装で、家へと先導するクロードの馬車よりやや広い。一生に一度乗れるかどうかだよな、とついつい座面のすべすべした感触を楽しんでしまう。

正直、まだちょっと前世の記憶によって混乱気味なので、憧れ、尊敬する王子とふたりきりなのはうっかりミスをしそうでドキドキする。ただ緊張しすぎて胃が痛いというほどでもなく、どちらかというとわくわくするような昂揚を含んでいる。きっと前世の記憶のせいだ。

——それにしても……。

前世の感覚では友達だろうと、クロードからしたらアルは王子である。しかもかなり優秀な。

学院における講義コースは前世でいうところの法学経済系、文学歴史系、理系全般のみっつに分かれているのだが、王族と一部の公爵家子女は、入学直後は為政者コースに振り分けられる。

——ほんとは四年で修了して一般コースに合流するのに、アルは一年早く終わらせたんだよな。

そんなわけで四回生から、アルはクロードの属する法経コースに移動してきた。けれど二年間同じクラスだったのにほとんど喋ったことがない。それが、同じ馬車に乗っているのだから人生とはわからないものだ。

互いに無言でもさほど窮屈感を抱かなくて済むのも、アルに気安さを覚える前世の記憶のせいかな、とクロードはそっと窓の向こうの街並みに目をやった。

見慣れた、石造りのきれいな建物が並んでいる。本当にいつもの風景なのに、「異世界の車窓から」などというタイトルロゴが脳裏をひらひらするのはいかがなものか。

ついついふふっと笑ってしまい、アルに「どうしました？」と問われた。

これは、チャンスではないだろうか。とりあえず今自分のいる場所が現実であることは頬をぺちんとしたり、股間を確認したりで実感できたが、前世の記憶とごっちゃになっていそうなこの世界の記憶をちゃんと分別しておきたい。

「あの……こちら側が貴族街、ですわよね」

アルは頭を打ったクロードの心配をしてくれているのだから、多少おかしなことを言っても流してくれるだろう、という希望的観測のもと、クロードは車窓に流れる景色を指し示した。案の定、温和な麗しの王子は、にこりと笑って「そうですね」と頷いてくれる。

「そして今、私たちが走っている大通りを挟んで向かいが平民の住む街区ですね。といっても、貴族街に面しているので宝飾品店や高級旅荘など比較的上流の店が並んでいます」

「ええ、まるで銀座(ぎんざ)のよう」

「ギンザ？」

まずい。これは前世の知識の方だ。首をひねるアルにオホホと誤魔化し笑いをして、クロードは店のひとつを指さした。幸い馬車の速度はママチャリ程度のものなので、店舗の看板がよく見える。

「あ、あの服飾店はわたくしが贔屓(ひいき)にしているところですわ。針子がとてもよい仕事をするのです」

「なるほど。クロディーヌ嬢のドレスは、いつも凝った意匠だと感心していました」

「まあ、ありがとう存じます」

まるでいつもクロードの装いを見ていたと言わんばかりだ。もちろん社交辞令だろうが、気にかけていましたよと言われれば素直に嬉しい。同じ講義コースなのに「お前誰だっけ」なんて扱いをされるよりずっといい。

他にも、今が春休みだとか新学期は来月一日、十四日後からだとか、次は最終学年の六回生となるのだとか、クロードの記憶に間違いがないかのすり合わせ作業のために色々尋ねてみた。アルはそのどれもに、にこやかに答えてくれる。おかげで現実の記憶がおかしくなったりはしていないことが確認でき、安心した。

「あっ。あれはなんでしょう?」

もうすぐクロードの自邸へと曲がる道に入る、というところで、クロードは庶民街の旅館前を示した。扉から出てきた若い男が、紙袋から何か取り出し歩き食いしているのを発見したのだ。

「なんでしょうね……パン、でしょうか?　あのように外で食べるなどしたことはありませんが……」

「美味しそうですわぁ……!」

「味が気になりますか?」

「なります!　だってあのこんがりした黄金（こがね）色、きっと絶対美味しいはず……!」

貴族としての常識からはあんな歩き食いは言語道断なのだが、今のクロードには前世の記憶がある。

買い食い——それはとっても甘美なおやつ時間であることを知っているせいで、お腹がくきゅると鳴ってしまった。

お腹が減るということはここは間違いなく現実、と実感を新たにするもののこれは恥ずかしい。淑女的正解は、「わたくしお腹なんか鳴らしていません」という顔をすることだし、紳士側の正解も「何も聞いてませんよ？」という態度をとること、なのだが。

思いきりクロードが、聞こえた⁈　という顔でアルを振り返った結果、アルはくすくすと笑って「聞いてませんよ」と答えた。

「聞こえたとおっしゃってるようなものではないですか」

クロードがつい突っ込むと、アルは余計に笑って「すみません」と応じる。

王子に謝らせちゃったよ、という気持ちもあるものの、なんだか普通の友人とのやり取りに思えてほのぼのした笑みが頬から去らない。

互いに顔を見合わせ微笑むうちに、馬車は大通りから貴族街へと曲がった。

「クロディーヌ嬢。せっかくこうしてお話しできたことですし――新学期が始まっても親しくしていただけると嬉しいのですが」

「っ……」

つい息を呑む。ほんの少しの遠慮を見せて、クロードの意向を探る言葉を告げたアルにテンションが駄々上がりしてしまった。

――俺の推しがこんなにかっこかわいかったとは……。

前世でも現世でもアルは『推し』だ。そんな相手の見たことのない一面に妙にうきうきしてしまう。

俺も友達になりたい、と素直に返事しかけて、ハッと気づく。ただ今自分は貴族令嬢でした、と。

「こちらこそ、そうしていただけたらとても嬉しいです」

クロードがハイテンションをにっこり笑顔で隠して返事するのと同時、馬車は侯爵邸の門前へと辿り着いた。アルが当たり前のようにクロードの手を取り、馬車から降ろしてくれる。

「お時間があればお茶など召し上がっていかれませんか？」

送ってくれた相手をそのまま帰すわけにはいかないと、クロードは礼を告げた後にアルを誘ってみた。しかしアルは、いきなり王族が訪問しては家の方に迷惑でしょうからと辞退し、するりと馬車へと戻る。気遣い王子だ。

去っていく姿を見送ってクロードは一息つく。過去の記憶に引きずられてかなりアホっぽい言動をしてしまった気がするが、アルが引いたそぶりを見せなかったのだけが救いである。

――あ。俺が本当は男って知ったら引くかなあ？

入学式の翌日からずっとクロディーヌの恰好で登校しているし、特にアルと同じコースになったのは女性の仕草や声がすっかり板についた四回生以降だから、きっとアルはクロードを本物の女性と思っているはずだ。だからこそ、今日はこんなに手厚く心配してくれたのだろうし。もしも似合うからというだけで女性装をしているナルシスト男と知ったらさすがにドン引きされるのではなかろうか。

――でもなあ。俺には野望ができてしまった……女装解除して男の恰好で過ごしたいという野望が
……！

女装慣れして問題なく日々を送ってきたものの、前世の記憶が戻った今、男性装の楽さ加減に心の天秤が傾きまくっているのである。

ドン引きはされなくとも、アルにばれるのは自分自身がちょっと恥ずかしくもあるのだが、きっち

りしっかりオホホな令嬢を演じていた自分を恨むしかないだろう。

まあ、過去を嘆いても仕方がない。建て前かもしれないが「親しくしたい」と言ってくれたわけだし、友達になってしまえば友人が女装していようがなんだろうが、アルは気にしないに違いない。

もともとの楽観主義に加え、新たに手に入れた前世の視点のせいか、なんだか考えの軽やかさに磨きがかかっている気がする。

「まあ、いろんなこと考えるのはおやつでも食べて落ち着いてからにするか」

ぺちりと両頬を叩いて気合を入れ、アルの馬車の去った道を眺め呟く。別にこの世界での生活や常識を忘れたわけではない。ちょっとばかり庶民な日本人男性の記憶が入ってしまっただけだ。

ある意味この状況はものすごく楽しいのではないか、なんて前向きもいいところな気持ちになって、クロードは『見慣れているけれど初見でもある』という不思議な感覚で邸宅の門前から玄関へと回れ右をした。

※※※

なんという奇跡が起こったのだろう。

馬車の中でひとり、アルベリクは緩む頬を押さえた。

春休み中だというのに意中の相手が学院の図書館へ行くと聞き、時間を見計らって自身も足を運んでみれば、なんと廊下で転ぶところを目撃してしまった。さらに、抱き起こした相手は驚くほど親しげな口を利いてくれた。

――アル、と呼んだ。

ごめんな、と微笑みかけられた。

普段の女声とはまったく違う、ごく自然な声が自分に向けられているのがひどく嬉しかった。すぐに、女性装に見合った声音に戻してしまったけれど。

感情を顔に出してはならない。それは基礎的な教養であり、王子たるアルベリクには生まれた時から身についているものなのに、そんな自分がどうにか難しい顔を作って嬉しさを隠すしかなかった。

しかし教職員控え室で叔父のヴィクトールと今夜の首尾について手早く確認し終えた後、「何か嬉しいことでもあったのかね」と投げかけられた。難しい顔などまったくできていなかったとは。

それよりも、せっかく出会えた奇跡をふいにしたことに気づき慌てて戻ってみれば、相手は薔薇園の中にいた。まだ蕾も付けぬ葉の中にあって、その人は花のようだった。

やや強引に馬車に乗せたが、アルベリクの身分にも臆することなく、闊達に話しをするその姿はとても嬉しかった。

――二年もかかって、ようやくまともに話ができた。

狭い馬車の箱の中、ふたりきりで向かい合う至福の時が終わっても、アルベリクの頬は甘く崩れたままだった。

2

――家がでかい。

振り向いて目に入った自邸の前で、クロードはぽかんと口を開けそうになった。

効果音でいうと、ドドーン、だ。

三階建てデザイナーズマンションと見紛う大きさと趣味の良さ。普段通り執事の出迎える玄関で立ち止まり、つい邸を見上げてしまう。今まで気にしたことはなかったが、正面玄関の直上には細かに彫刻されたルグラン家の紋章が掲げられていて、よーろぴあん、という言葉が脳裏に浮かぶ。

生まれて以来、王都にあるこの邸宅か、さらに大きい侯爵領の本邸がクロードにとっての自宅だったので今更その大きさに目を瞠る理由などないのだが、どう考えても前世フィルターのせいだ。

これは新鮮だ。このフィルター、受け入れてしまうとなかなか面白い。若干うきうきしながら、とりあえずは父母に帰宅の挨拶をするため居間へ向かう。その途中、年子の弟マリウスとばったり遭遇した。

――おおお、マリウス……！　お前も攻略キャラではないか……！

褪せたグレイの髪が落ち着いた雰囲気を醸し出す、これまたゲームスチル通りの姿である。学院卒業後は近衛隊志望というだけあって、軍服系の制服を恰好よく着こなせそうな女子好みのスタイルをしている。現在は学院内の青年部隊在籍だ。結構優秀なようで、アルによく声を掛けられたりちょっとした任務に駆り出されたりしているらしい。

そのマリウスは、クロードと一瞬合った目をスッと伏せて「おかえりなさい兄上」と低く告げた。クロードが貴族学院に入って以来、マリウスはちょっとばかり冷たい。たぶん女装姿の美しさに照れているだけだと思うのだが。

「ただいま、マリウス」

弟がいるってなんかいいよね、と前世感覚にどっぷり浸かりながら微笑むクロードに、マリウスは視線を上げ、頭のてっぺんから爪先までをさらっと眺めた後にまた目を逸らしため息をついた。

――ん……？　ちょっと待て、この態度……。

覚えがあるぞ、とゲームのワンシーンを思い出し、クロードは愕然（がくぜん）とした。

弟マリウスの冷たい反応。これは照れではなく呆れからくるものだと、ゲーム内で明らかにされていたのだ。

まあたしかに、兄として接してきたはずの相手がいきなり「女装の方が似合うから」なんてゆるっゆるな理由で異性装を始めたら困惑するのは当然だ。前世のゲーム内設定だと一笑に付すことができない、すさまじい説得力がある。

ちなみにゲームでもこの世界でも、同性との婚姻は問題なく行われているし、性別による区別はあれど差別はなく、異性装だってそれぞれの事情があることだからと自然に受け入れられている。

故に、マリウスの冷たい態度は、女装自体に注がれているのではない。「美しさは罪」とか言いだしてしまうクロードのアホみたいな性格にダメ出しされているのだ。

――よく考えるとその方が辛い……！

くっ、と切なさに呻いてしまうが、同じ学院に通う兄がなぜか姉になっている、などという過酷な面白状況に弟を陥らせてしまっているのは猛省すべきだ。

「ごめんなマリウス……！」

自分よりやや大柄な弟をハグして、クロードは謝罪の言葉を心から述べた。

「自分の美しさを鼻にかけて女性装の方が似合うなどと言ってこれがまた似合いすぎるからお前は俺

を尊敬できなくなっちゃったんだよな……！　わかる、わかるぞ。でももう心配いらないからな」

「ちょ、離れてください……！」

今日からはちゃんと男姿に戻ってやるぞという決意のもと不憫な弟に共感を示してやっているというのに、マリウスは必死にハグから逃れようと身体をぐいぐい押し返してくる。

「なんだ、そう邪険にしなくてもいいだろうに」

「邪険にするしないではなく……っなんでそうくっつきたがるのですか！　兄上のそういうところほんとにもう……！」

最後の一声と同時に渾身の力でクロードを引き剝がし、マリウスは「夕食まで庭にいます！」とぷりぷりして去っていった。耳まで赤くなっている。

「ちぇ、怒りんぼめ」

そう文句を言いつつも、クロードにも前世で弟稼業をやっていた経験がある。弟というものは反抗しつつも上の兄弟を嫌ったりするわけではないんだよな、と訳知り顔でニヤニヤした。

ふんふん鼻歌を歌いながら居間にいた父母に帰宅した旨を告げ、そばにいた侍女におやつの用意をお願いするとクロードは二階の自室へと上がった。

見慣れた部屋も、やはり広く感じられた。

ベッドは当然天蓋付きだし、勉強用書き物机とお茶用テーブルは別、さらにふかふかの長椅子プラス暖炉とマントルピースが設置されている。個人用の浴室やら暖炉やらとにかく盛りだくさんで、前世の自室が六畳間だったことを考えると一体何倍あるのだろうか。ついついテンションが上がってしまう。

「うっはぁ、かっわいーい」

縁に装飾が施された全身が映る鏡の前で令嬢っぽく会釈をして、ふひひと笑う。何しろ襟の大きな水色のワンピースドレスを着た金髪美少女が立っているのである。

ちょっと背がでかいけれど、見慣れた自分の姿も前世フィルターを通すとなかなか新鮮でよい。ふと出来心で、ゲームで出てきたように顎をツンと上げて見下しの視線を鏡に向けたら立派な悪役令嬢となった。思わず笑い転げてしまう。

――ああ、やばい。どこまでゲームと一致してるのかマジで考えないと。

この世界がゲームではないことは実感できているけれど、マリウスの態度のように、ゲームと現実が納得いく繋がりを持っている可能性も大いにあるわけだ。うーん、と鏡の前で腕組みしていると「クロード様、お茶のご用意ができました」とドアの外から声が掛かった。

「ああ、頼む」

クロードの返事を受け、茶器と菓子の載ったワゴンを押して入ってきた近侍（きんじ）の青年が微笑みかけてくる。

「今日はずいぶんと男らしいお声をなさってますね」

「あ……そういえば」

普段クロディーヌの姿の時は見た目に合った声音を使っていたが、今日は前世の記憶が戻った衝撃からか、そんなことはすっかり失念して地声で話している。一応アルに対しては、最初の失言以外は取り繕って裏声を出していたけれど。

「素の声だと正直、楽だなあと思う」

「でしょうとも。わたくしはいつも、クロード様はどこから女性の声を出されているのだろうと不思議に思っておりました」

「どこって、この、この辺だ」

頭上高くを指先で示すと近侍のオーバンは、肩を震わせて笑いをこらえた。

「クロード様は普段から独創的な感性をお持ちですが今日は磨きがかかっていらっしゃいます。学院で何かございましたか？　門前に着いたのが王族の馬車だったので大変驚いたのですが」

「図書館に行く途中で転んだところをアル……ベリク王子に助けられたんだ。ついでに送ってくださった」

独創的な感性っていうと聞こえはいいけどそれって不思議ちゃんって意味では……と若干気になりつつも特に咎めずに頷く。長らく仕えてきたオーバンは気安い、いい話し相手だ。

「せっかくの機会なので親しくしたいと言われて少しドキドキしたよ。——あ、ちょっと女性装を解きたいから用意を頼む」

「かしこまりました」

準備しますので少々お待ちを、とウォークインクロゼットの隣、シャワールームへとオーバンは入っていった。普段は夕食後、就寝前に風呂に入って女装を解くから不思議に思っただろうに、深く突っ込んでこないあたりとても良い近侍だ。クロードが思い付きであれこれするのはいつものこと、と思われているだけかもしれないが。

貝型の背もたれの椅子に腰かけ、紅茶の香りを深く吸い込んだ後、クロードは肩の力を抜いた。

当初、前世の記憶が蘇った時は大変焦った。そばにアルがいたこともあり、焦りは倍増したといっていい。今は、記憶に引きずられて乱れていた言葉遣いもどうにかいつも通りに戻ってきて、前世フィルターによる新感覚を楽しく思い始めたところだ。

問題は、前世でプレイしていたゲームと自分の生活するこの世界が大変よく似ていることである。

——そう、そこ。前世とか転生とかじゃなくて、ゲームと現実がそっくりってところに一番驚いてるんだよ。

前世でプレイしていたのは、『ラ・ルミエール～光の乙女と五人の貴公子～』というゲームだった。

ちなみに乙女ゲームとは、プレイヤーが主人公を操って、周囲にいるイケメンたち——攻略対象キャラクターと恋愛していくというもので、誰を選ぶか、どんな行動をするかを自分で選択できる、いわば自分主役の少女漫画である。

「アルとマリウスと俺と、今日は会ってないけどラウルとヴィク様。攻略キャラ五人、全員この世界にいるわけで……ってことは、アリスも存在してる、ってことになると思うんだよなあ」

『アリス』は、ゲームの主人公であるプレイヤーキャラクターの名前だ。

ゲームは春、アリスが貴族学院に転入してくるところから始まる。アリスの親が男爵に叙せられたため、豪商のお嬢様だったのが一転、男爵令嬢になってしまうのである。

この現実でも、新年の祝賀の際、新たに男爵に叙せられた者がおり、娘がいるという噂（うわさ）は聞いていた。きっとゲーム通り新学期から転入してくるその娘がアリスなのだろう。

ということは新学期には会えるわけだが、その時になって「わーリアルアリスめっちゃ美少女ー」なんて感動するだけでは済まない懸念が、クロードにはある。

——それは、俺がアリスに恋しちゃったらどうしよう、ってこと……！

恋するかしないかなんて自分の意志でどうとでもなるだろう、とも思う。だが、ゲームとの類似性を考えると、何かしら運命的な力が働いて恋しちゃう可能性はゼロとはいえないのだ。

アリス自身に問題があって、恋したくないわけではない。彼女は乙女ゲームの主人公らしく、かわいく清楚(せいそ)、ついでにドジっ子。しかし芯の強いところもあるという盛り盛りのキャラクターだ。

だがクロードにとってアリスは――『愛娘』なのである。

乙女ゲーマーと使用キャラの距離感は色々あると思うが、前世のクロードは常に、使用キャラを『自分の娘』のように思いながらプレイしていた。身内に恋慕したい人間などいるだろうか。

まさか会った途端に恋しちゃったりしないよな、と怯えるクロードの前に、お湯の入った洗面器他、化粧落としの道具と男物の服を載せたワゴンが、オーバンによって用意された。

やった、ようやくスカートが脱げる。そう思うと嬉しくて、アリスについての悩みはいったん脇に置くことにした。アリス登場まではまだ間がある。対策は落ち着いてから練ろう。

オーバンに指図されるまま手を上げ足を上げシャツとズボンに着替え、下ろしていた髪をポニーテールに結われると、それだけでもかなりすっきりする。男の恰好をしていた前世の記憶が戻って数時間、スカートの頼りなさとひらひら感が気になり始めていたのだ。たしかに自分の女装は美しいけれど、新学期からは男の恰好で行ってももう問題ないんじゃないかな、なんて思う。

すっかり自分を女性と信じ込んでいるであろうアルにはビックリされるかもしれないが、それまでにうんと仲良くなっていればよいのでは、と改めて思う。

――まあそうなると、この春休み中に仲良くならないとなんだけど。

さすがに王子だし遊ぶための面会は無理だろうか。なんて考えている間にも、オーバンは手早く化粧を落とし保湿して、シャツの襟元をクラヴァットで締めてくれた。

「ありがと。ああすっきりした」

伸びをして解放感を堪能する。やはり男の恰好は楽だ。もう女装の日々には戻れる気がしない。

——ぶっちゃけ裏声きついしなー。

なんて考えながらクロードはなんの気なしに鏡の前へと向かった。そして鏡の中の自分を見た瞬間。

「何このすっごい美形！！！」

勝手に口をついて叫びが溢れた。ぶほ、と誰かが——オーバンしかいないけれど——吹き出す声が聞こえたがそちらに視線を動かす気も咎める気も起きない。

思わず身を乗り出して鏡を凝視すると、鏡の中のトンデモ美形もこちらを凝視してくる。

なんということであろうか。女性装の時は「美少女〜」で済んでいたのに、男に戻ったらどえらい美形になった。

「えー……これ、美しすぎない……？　なんだこれすんごい美形なんだけど……」

しみじみと角度を変えて自身の姿を眺め回す。

当然、何を言っているのかと呆れる自分も自分の中にいるのだけれど、たぶんあれだ。前世フィルターのせいだ。見慣れたはずの家がバカでかく見えるのと同じように、生まれて以来ずっと付き合ってきたこの顔が、たとえようもなく麗しい美形に見えてしまうのだ。

——でも褒めまくりたくなっても仕方ないだろこれは。

銀に近い色合いの金髪は絹糸のように細く、結い上げても落ちてくる後れ毛が輪郭を縁取っている。

白い肌にはそばかすもなく、肌理（きめ）こまやかだ。切れ長の大きな目は、まるで晴れた冬の日の湖のごとく澄んだ薄い青をしている。ゲームの一枚絵より数倍美しい。

「はぁあ……こりゃだめだ。こりゃ女装してないとだめだ……」

自身の顔が美しすぎて嘆息するなんてアホか、と冷静な自分が呆れているが賛辞の言葉が止まらない。挙げ句、

――これじゃあいくら俺がアリスを娘と思ってても、アリスの方が俺に恋してしまう……！

などという自意識過剰な心配まで生まれる始末だ。

「……クロード様」

よく訓練された近侍オーバンですらその顔に「主の奇行に引く」と墨書してある。しかし前世フィルターのせいで『自分自身イコール超絶美形』ではなく、どうにも間にラップが一枚挟まっているような他人事感が否めないおかげでついつい賞賛に走ってしまう。

趣味でしているだけの女装なのでとっとと解除して平穏な男性貴族ライフを送ろうと思っていたのに、そうもいかない懸念が出てきた。

鏡の前では思考が進まないので、お茶の冷めかけたテーブルに戻り、座り込む。

「ええと……ちょっと考えることがあるから、オーバンは行っていいよ。夕飯の時に呼びに来てくれ」

「かしこまりました」

粛々と頭を下げて出ていくオーバンを見送り、クロードはまず現状確認を始めた。

自身の希望は第一に「男の姿に戻りたい」。それに加え、「アリスに恋しない」「恋されるのもＮＧ」、このみっつである。

ゲームでは、アリスに恋したクロディーヌが女装解除してクロードになり、アリスに求愛する――

ということになっているが、アリスと恋愛関係になりたくない現クロードとしては、このルートだけは絶対に潰したい。

前世の友人には、アリスちゃん大好きってことは攻略キャラが自分の分身ってことだろ、と断じられたがそれは違う。アリスはあくまで愛娘であり、攻略キャラになってアリスを落としたいわけではないのだ。アリスちゃんが推しなのに落とさないの？　と尋ねられたが、この辺は男主人公で女の子を落とすゲームばかりしているギャルゲーマーにはわからない感覚であろう、と思ったのを覚えている。

ともかくも安心して男の姿に戻るため、アリスと絶対恋仲にならない確信が持てる状況を作らなくてはなるまい。幸い現在は春休みで、新学期まではアリスと出会うことはない。

――会っても恋されないようにどうにかしないとならないけど……男に戻るだけなのにこんな苦労をするなんて、俺がイケメンすぎるのが悪い……！

ハァ、とため息を吐くも考えている内容が内容なので誰にも同情してもらえないだろう。前世で安易に「イケメンいいなー」なんて思っていたことを反省したい。イケメンだって悩みはあるのだ。

「……あ」

そろそろイケメンという単語に食傷気味になってきたところで気がついた。イケメンはクロードひとりではない。攻略キャラたちがいるではないか。

アリスの恋心を誰かしらに向けラブラブにさせれば、男に戻ってもアリスに懸想される心配はないはずだ。幸い前世の記憶があるのだから、有効活用しなくてはもったいない。

よしよし、とクロードは書き物机に向かいペンを取り出した。

まずは攻略キャラクターの整理だ。隠しキャラクターである自分の他、アルベリク王子、王子の叔父ヴィクトール、病弱チャラ男ラウル、そしてクロードの弟マリウスの五人。

「アリスを任せるに足る、まともでしっかりした男を選ばないとな……」

とりあえず、こいつはナシ、と即却下したのは公爵令息のラウルだ。名前を書いた脇に大きく×印をつけてやる。

ラウルはいわゆるチャラ男キャラで苦手だったため、適当に流しプレイした奴だ。ふんわりした濃い金髪に碧眼のキラキラな見た目で常に気怠そうで、病弱ぶっていつも女子に介抱されていた。

ちなみに現実のラウルとは、父親同士が親友のため家族ぐるみで付き合いがある。特に幼い頃はよく一緒に遊んだため、男の恰好をしていたクロードを知る数少ない相手だ。ただし長じてからはゲーム同様いつも女性を引っ張り込んでいるので心証はよくない。今回は、愛娘アリスを任せるにふさわしい男を選んでいるのだからラウルはしょっぱなからナシだ。

だが、ゲームではチャラ男設定故にアリスにぐいぐい迫ってくるため、流されるままでいるとラウルエンドになることが多々あった。他キャラ狙いの際の超お邪魔キャラである。とりあえずこいつのフラグ——きっかけ、のようなものだ——はポキポキに折らなくてはなとしっかり頭に刻み込む。

続いて弟マリウス。これもアリスの相手としてはナシにしたいところだ。

「ゲームだといいツンデレだったけど。弟ってのがネックなんだよな……ちょっとしたはずみで俺が超美形ってバレる可能性あるし」

平穏に男に戻るためには、アリスが誰かとくっつくまでは女性だと誤解させたままにしておきたい。というわけでかわいい弟ではあるが、マリウス推しはやめておく。

「ヴィク様はなあ。よくわかんないからナシでいいかな」

アルの叔父であるヴィクトールは、おっとり微笑む長髪眼鏡の二十七歳。学院に併設されている王宮図書館司書の職に就いている。前世クロードの姉のお気に入りキャラであり、「ヴィク様ルートはあたしがコンプリートするからノータッチでよろしく」とのことで、ゲーム内での情報は皆無に等しい。現実のクロードも司書としてのヴィクトールしか知らないのでやはり情報は何も増えない。フラグを立てるにも折るにも、ゲームでのイベント知識がないので安定性に欠ける。ただ姉曰く、「ヴィク様なかなか会えないよ～」とのことだったので、放っておけばアリスと接触すること自体ないのではなかろうか。というわけでヴィクトールは放置だ。

最後に、アルベリク王子。黒髪藍眼の涼やかな美形だ。ゲーム内では完全無欠王子という設定で、表情は常に『美しい仮面のよう』だと描写されていた。顔面偏差値は断トツで高かったし地位的にも王子なのに、真面目で丁寧でやさしい、といういわゆる『つまらなさ』から、攻略掲示板では人気がなかった。ただ、前世のクロードにとってはそれだからこそ『最推し』だったわけだが。

――下手な陽キャやキャラ立ち陰キャより、普通にやさしい、ってのは大事なんだよ……！

自分が男だからか、乙女ゲームで散見される俺様王子よりも、友達になりたいタイプの攻略キャラの方が前世クロード的には安心なのだ。黒髪スキーとして見た目も大変好みである。クロードをわざわざ家まで送ってくれるようなやさしさも、愛娘を預ける相手として合格といえよう。

ともかくも、かわいい愛娘アリスに、最推しのアルをくっつけたら最強になるのは、プリンに生クリーム乗っけたらプリン・ア・ラ・モードになるのと同じくらい当然のことだ。黒髪イケメンに金髪美少女の並ぶゲームスチルはそれはそれは眼福だった、とクロードは遠い過去を反芻する。

なんにせよ、アリスとアルは非常にお似合いのいいカップルになるはずだ。クロードは手書きのキャラ表のアルの名前に花丸をつけた。

「あとは俺とのフラグが立たなければいいんだよな」

正直、前世でも現世でも恋愛事にあまり興味はないので、恋に落ちる原因というのが実はいまいちわかっていない。当面思いつくのは、トンデモ美形であることは隠しておく、ということと、無駄にやさしさを振りまかない方がいい、程度のことだ。

なお、女性装ならばアリスにやさしくしても問題ないのでは、という考えは捨てておく。お姉様的な感じで愛娘アリスを甘やかしてやさしくしてあげたい気持ちは溢れているのだが――前世と違ってこちらでは同性恋愛も普通なのだ。

「美人のクロディーヌ様にやさしくされて、アリスちゃんがクロディーヌを好きになっちゃったら困るもんな」

ここはやはりゲームのように悪役令嬢となるべきだろう。

ゲームのクロディーヌは、アリスに好意を持った結果として、小学生並みの意地悪をして悪役令嬢の称号をゲットしているわけだが、クロードは、アリスからの好意を回避するために悪役令嬢となる。

といっても『愛娘』アリスにガチな意地悪などしたくない。できるだけ早く、アルとアリスにはくっついてもらい、心置きなく男の姿になりたい。

「でも、ゲームのアルルートは、クロディーヌに意地悪されたアリスをアルが庇うイベントが多いんだよな……」

愛娘アリスに意地悪しているところを推しキャラであるアルに諌められるよう仕向けなくてはなら

ないとはなんて損な役回りだろうかと遠い目になってしまう。

「アルの興味をアリスに向けるには――俺が直接『あの子かわいくない？　声かけようぜ』なんて斡旋するのが一番手っ取り早いんだけど。かわいいとか言っておきながら意地悪する、ってのもおかしいし……どうしたらいいんだか」

悩みどころだ。しかしアルと仲良くなるのは女装解除しても引かれないために大事だから――アルと親しくなりアリスに目を向けさせる方向で動きつつ、悪役令嬢として意地悪することも一応考えに入れていく、という二本立てはどうだろう。

「となると、一応アルルートのイベントを思い出さないとな」

紙の余白にクロードは、アル攻略の際に起きるイベントで覚えているものを書き出した。よっつのうちみっつはクロディーヌによる意地悪イベントなので地味にへこむ。

ちなみにゲームにおける最大イベントは、全キャラ共通の『舞踏会で人質事件』で、そこまでに親密度を上げ、かつ人質状態から無事生還するとハッピーエンドとなる。とりあえず来月下旬予定のそのイベントをハピエンに終わらせて女装解除できますように、とクロードはペンを置いた。

3

おやつのサヴァランがこなれた頃、夕食だと声を掛けられた。

二十人は着席できる食堂の大きなテーブルにはすでに両親が着いている。いわゆるお誕生日席にいつも通り父が、テーブルの角を挟んで右側に母が座っている。母の向かいに腰かけようとして、クロードは二人の視線が驚きを含んでいるのに気がついた。

——そういやここ何年か家でもほとんど女性装だったな。

すっかり女装慣れした親からすると、逆に男のクロードの方が珍しいのかもしれない。さすがにどういう心境の変化か尋ねられるかな、と思ったが、物言いたげな目をしながらも父親は「春休みなのに今日は学院に行ってたようだけれど、何かあったのかい」とまったく違う話題を振ってきた。

い、いたたまれない。「どうした、今日は男の気分かー」とかなんとか茶化してくれる方がありがたい。気を遣ってくれているのだろうが、何か深い事情でもあるのかというようにチラチラと眺め見られるムズムズ感は非常にこそばゆい。

そこへ、「遅くなりました」とマリウスが現れた。突っ込み役来たー、とばかりに期待に満ちた目で振り返るも、残念なことにマリウスはクロードを見るなりビクリとし、思いきり顔を背けた。

——女装だと冷たくて男の姿でも冷たいとは……。

なんとひどい弟だろうか。女装自慢の兄を厭うマリウスのためにも男に戻ってやろう、なんて思っていたのに。切ない。だがまあツンツンな弟に文句を言うのはなしにして、父からのせっかくの話題提供に乗るとしよう。

「今日は、何代か前の『光の乙女の言葉集』を借りてきたんです。うちの領地の樹木が水を引くのに活かせないかと思い立って」

「ああ、木製水道管について、だったかな。私も読んだよ。ただあまり詳しくは語られていなくて、水道管というものの利便性についてはなんとなく理解したが設置手順がわからずそのままだ」

「そこは解決できそうですよ」

クロードはにやりと笑った。

父の言う通り、『地中に管を敷設して水を通す』程度にしか記載されていないのだが、前世の記憶の中に江戸時代の上水道管についての知識があった。高校の頃に習ったもののようだが、せっかくの知識を利用しない手はない。前世様様だ。

その前世フィルターのせいか、やけに美味に感じる食べ慣れた食事を進めながら、領地に存在するよい水が出ない地域のことなどを父と話した。内容は女装時と変わらないものなのに、食後のお茶の際に父親はしみじみと「息子と話している気分だった……」と呟いていた。息子以外の者になった覚えはないのだが……。

とりあえずいきなりの男性装に家族は戸惑っているようなので——まあ女装を解いた息子がめっちゃ美形だったらビックリもするよな、なんて気持ちもあり——当分は女装しつつ男声で会話するなどして、男のクロードを浸透させていくことにしよう。

そんな算段をしていると、何か言いたげにこちらを見ていたマリウスがうろうろと視線をさまよわせながら尋ねてきた。

「つかぬことをお伺いしますがあの……今そのような姿をしているということは……もしや兄上は、新学年からは女性装をせず学院へいらっしゃるのですか……？」

「うーん……そうしたいと思ってはいたが、新学期早々にということはないかな」

「では、その姿で学院に行くことは当分ないのですね？」

アリスとアルがくっついてからにする、という部分は伏せて肯うと、真剣な顔でマリウスが念押ししてきた。あれ？と疑問に思い、クロードは隣に座るマリウスにぐぐいと寄りかかった。

「なんだマリウス、嫌なのかと思っていたが、もしかしてお前、女性装の俺の方が好みなのか？」

「こっ、好みってなんですか⁈　私じゃなくて、兄上の、その……装いについては気にされる方もいらっしゃる、かもしれないので確認しただけで」

「俺が女性装か否か気にする者なんているのか？　そもそも俺を男だと知っているのは多分、入学の時から同コースだった者だけのはずだがな……？」

「考え事をしながら顔を近づけないでください！　ほんともう兄上のそういうとこ……！」

きゃんきゃん言いながら長椅子の端まで避難する弟に笑ってしまう。自分のこういうところが嫌なんだろうなあとわかるようになったものの、弟をからかうのは楽しい。

マリウスは、恨みがましい目つきでクロードをじっと見つめ、ぽつりと言葉を紡いだ。

「そもそも……兄上はなぜ貴族学院に入るなり女性装をなさったのです？　私は非常に驚いたんですが」

「んん？　きっかけはアレかな。入学式のあとに振り分けられた主教室で、ミュレー伯爵令嬢に一目惚れしましたと詰め寄られ」

「ミュレー伯の令嬢……⁈　ロバン公爵の三男の婚約者ではありませんか」

「ああ。生まれた時からの婚約者がいるのに、令嬢は人目も憚（はばか）らず俺に求婚してきたわけだ。おかげでロバンの三男に決闘を申し込まれかけてな。教師陣が俺たちを談話室に呼んで、落ち着くようにとふたりを宥めてくれたんだ。俺は落ち度がないということですぐに解放されたが——」

教室に帰る途中、「婚約者のいる女性が惑うほどの美しさだったとは……」「美しさが俺の罪なのか……？」などと斜め上の悩みをクロードは抱いた。

「元凶のふたりより先に教室に戻ったら好奇心の餌食になりそうだったので、時間潰しに薔薇園へと入ったんだ。新入生は教室で貴族学院心得黙読、親は社交のお茶会だから誰もいないと思った――んだけれど。薔薇の垣根の向こうから、どうしてこんなところにいるんだと問われてな。変声期の声だったから同世代だと思うが、愚痴が言いたかった俺は事情を洗いざらい話した」

「兄上には警戒心という言葉を教えて差し上げたいです」

「そうね」

わざと女声で頷くと、マリウスは「兄上のそういうところが本当に」と耳にタコができるほど聞いたセリフを呟く。本当に弟というものは面白い。ちょっと前世の姉の気持ちがわかってしまう。

「まあともかく、その声が言ったんだよ。女性装をしたらいかがですか、って。美形の男より美人の女性の方が多いから埋もれることができますよって」

「……その声の主は」

「わからずじまいだな。何しろ俺は『名案だ!』って礼を言って教室に戻ったから」

あの日学院にいたのは新入生とその親だけだ。だから同学年の者であることは確かなのだが、未だに誰だかわからない。マリウスは眉も口角も下げたなんとも情けない顔で「そんな事情でしたか」とクロードを眺め見てため息をついた。

「わたくしも、クロードがいきなり『明日からクロディーヌになる』と宣言した時はどうしようかと思いましたよ」

少し離れた長椅子で刺繍(ししゅう)をしていた母親がくすくすと笑う。

「ちょっ……話さなくていいですよ母上……!」

事実だけを語って終了にしたかったのに、当時の事情を知っている母の参入は想定外だ。母親の思い出語りを止めたいのに、クロードの制止などものともせずに、

「美しいというのは大変なこともあるのですね、などと齢十三にしてしみじみと呟いたりして、本当に可笑しかったこと」

と黒歴史を掘り返してくる。他にも「女性装をしている方が美しさが目立たなくてよいそうです」とか「男性の服よりひらひらしていて自分に似合うと思います」とか、埋めておきたい発言がぐいぐい発掘されてゆく。美形度を目立たなくさせたかったはずなのに、結局「自分の女装美しい」になっていったあたりも、考えなしのナルシストすぎて胃が痛くなってくる。

「あなたが九歳くらいの時、光の乙女の物理展へ女の子の恰好で行ったでしょう？」

「ありましたねえ……」

離れて暮らしている祖母が、クロードの性別を間違えて少女用の服を贈ってくれたのだ。せっかくだから着たところを見せてあげましょう、と面白好きの母と一緒になってノリノリで女児服姿を披露し、その帰り、街でやっていた展覧会に行った。

「あの時は、女の子の服はきついから嫌だって途中で脱いでしまったのにね。いつのまに女性装がこんなに好きになったのかしらと不思議に思っていたのです」

「もうそのあたりで許してください、母上」

先刻男装の自分に投げかけられていた気遣いの視線はなんだったのかというくらいぐいぐいくる。母親というものは何故に、息子の恥ずかしい部分をちくちくしてくるのであろうか。前世の自分の母親のことを思い出し、クロードは少ししみじみした。げっそりした息子が面白かったのか、母親は笑

いながら趣味の刺繍へと目を戻した。

静かにやり取りを窺(うかが)っていたマリウスが、わずかな同情の眼差しを寄越す。

「……兄上は女性装をなさっている方がよいですよ」

「それはクロディーヌが美しいからか?」

「違います!」

クロードのからかいを即座に否定したマリウスは、こちらを上から下まで眺め、ふぅとため息を吐き目を逸らした。

「その方が平和だからです」

「まあたしかにこの五年間平和だったな」

女性の姿でも、女子学生たちにモテるのは変わりないのだが、どうやら見かけが女性だと男性たちはあまり危機感を覚えないらしい。むしろ件の公爵家三男などは今やクロディーヌのファンであるので、女装を続ける理由は実はすでにない。

だが男の姿に戻ったらたしかにまた面倒が起こるかもなあ、とクロードは前世フィルター装備で眺めた自身の容姿を思い起こした。

——とはいえ女装解除を諦めたりはしないけどな。

決意は揺るがないのだ。

そんなこんな、マリウスをからかったり借りてきた資料を読み込んだりしているうちに時計が晩の三つを鳴らした。めいめい自室に引き揚げることになったので、クロードも風呂にでも入ろうと部屋へと戻る。

さて、この夜はどう過ごそうか。『晩の三つ』は前世でいうとまだ午後九時だ。せっかくフィルターのせいで世界が妙に楽しく見えるのに、このままベッドに入るのはいかにももったいない。

温泉の浴場のような広い石組みの風呂の縁に腕を乗せ、湯船に浸かりながらふと、クロードは呟いた。

「街歩きに行きたいな」

浴室の端に控える近侍のオーバンが、なんですと、と目を剝く。

——そりゃびっくりもするか。

この世界の成人は、現在は貴族学院卒業と同時だ。昔の名残で十六歳にデビュタントというお披露目が行われ、社交界に出入りOKとなっているが、時代のせいか学生のうちは学業優先で、舞踏会などの社交の場に参加することはほぼない。それ故クロードも夕食後に家を出て遊ぶなんてしたことがないのだ。

しかし前世の記憶によれば夜の街歩きは大変楽しいらしい。

「なあオーバン、街に行っても目立たないような服、ないかな?」

「……まさか本気でお出かけになるのですか」

「まだ九時……じゃなくて晩の三つじゃないか。大通りの宿から出てきた者が、黄金色の美味しそうなものを歩き食べしていて気になったんだよ」

「揚げ巻きパンでしょうか。たしかに美味ですが」

「揚げ巻きパン。名前からして美味」

これはぜひ食さねばなるまい。こんな時間に売っているのかわからないけれど。

オーバンに街で目立たないように変装させてくれと頼み込むと、何やら吟味するような眼差しで、たっぷり時間をかけて観察された。最終的にオーバンは、盛大なため息と共に「そのままでは目立つので汚くしますよ」と了承の返事をくれた。

てっきり暖炉の煤だのを顔に塗ったくって変装終了、かと思ったらまったく違っていた。買い物がしたいのに顔を汚してどうするんです、と冷たく言い放たれ納得する。たしかにろくに風呂も入っていないような恰好で店に入って、安穏と買い物させてもらえるわけがない。よかった、クロードの美しい顔に煤をくっつけることはないんだ、と自身の美貌に対してやはりちょっと距離を置いた感想を覚えたのも束の間。

書字用のインクを思いきり髪に揉み込まれ、白金色の髪が見る間に青黒い暗い色に染まってゆく。

「染め粉と違って軽く洗えば落ちるので安心してください。まず髪が一番目立ちますから仕方ないんですよ。眉も黒くしなくては……あとはそばかすでも描きましょう。そばかすは魅力のひとつでもありますがクロード様のお顔には似合わないので少しは目立たない容貌になるでしょう」

「なんか楽しそうだなあ」

「普通じゃない主の下にいるもので、普通じゃないことを提案されると楽しくなってしまう因果な性質になってしまったのです」

丁寧な口調で笑いながら告げられ、「それは褒めてるのか窘めてるのか」と、クロードはインクで染められつつある眉を下げたのだった。

半刻ほどを費やして出来上がったのは、微妙にまだらな灰黒色の髪をして、キャスケット帽を目深にかぶったそばかすの少年だった。女装ばかりしていて気がつかなかったが、クロードはどうやら使用人階級の大人の服を着るには、やや線が細いらしい。

——キャラクター設定表では一七二センチあったはずなんだけどなあ。

よくよく考えれば相当でかい女になるはずなのに、『美少女クロディーヌ』に変身できているあたり、縦はともかく厚みはないということだ。

ともあれ、生成りのシャツに濃い焦げ茶色のズボン、同色の長めのジャケットを羽織ると、中流商家の跡取り息子くらいの見栄えになったという。貴族の坊ちゃまには見えないようだ。

よし、じゃあ行くかと部屋を出ようとしたところ、オーバンに笑顔で止められた。

「そんな恰好で部屋を出たら、皆に驚かれますし外出などもってのほかと叱られますよ。どうしても外に出たいのでしたら、窓から出るしかないですね」

「……窓？」

「窓です」

にっこりにこにこ肯われるが、クロードの部屋は二階だし、庭木は塀沿いにしかないから伝って降りることもできない。せっかく姿を変えても家から出る手段がない。

「どうもノリノリで変装させてくれると思ったら、お前そういうつもりだったのか」

「……『ノリノリ』とはなんですか？」

と首を傾げながらも策士オーバンは笑顔のままだ。

貴族の子供が夜間に庶民のいでたちをして出かけるなど言語道断だが、真っ向から否定してもどうせクロードは聞かないと長年の経験からわかっていたのだろう。とりあえず変装である程度満足させ、お出かけはできませんよ、と釘を刺す。近侍の鑑といえよう。

はぁ、とため息を吐き、クロードは椅子に座り込んだ。

「まったく、オーバンには敵わないな。昔、大きな犬を並べてその上で寝てみたいと言った時も犬を集めてはくれたけど、結局ベッド代わりにするのは断念せざるを得ない状況に追い込まれた」

「クロード様が七歳の時のことでしょう。わたくしもあの頃はまだ十五になるかならないかでしたから、何も画策などできていないですよ。並べた犬に舐められまくってあなたが泣いたのは、わたくしの意図するところではありません」

今回のお出かけ不成立についてはは企図しましたが、とオーバンは朗らかに笑った。やれやれ、とクロードは手を振り、オーバンに退室を促す。

「しばらく庶民の姿を堪能したら、勝手に風呂に入るからお前も部屋に戻っていいよ。うまく洗えなかったら呼ぶから」

「かしこまりました。――そんな恰好でもまだ『美しい』のですから、本当に外に出るのはおやめくださいね」

夕食前、鏡を見て自画自賛していたクロードの言葉を引いて、オーバンは一礼して出ていった。

しばらく静かに息を潜め、耳を澄ませる。廊下を去っていくオーバンの足音が遠くなる。やがてそれが聞こえなくなったところで、クロードは椅子から飛び降りた。

「梯子も何もないのなら～作ってしまえばいいじゃない」

アントワネット構文ハンドメイド編、と我ながらよくわからない鼻歌を歌いながら、浴室の横、小さなリネン室のドアを開ける。いつもはオーバンしか立ち入らないそこには、これでもかというほどみっちりと、棚いっぱいにタオル類が重ねられていた。

脱出のためにカーテンを繋いで縄梯子を作るのは物語でよく見かけるけれど、実はカーテン生地は恐ろしく分厚い。縄梯子を作るならばタオルが一番だ——という蘊蓄(うんちく)を、前世の映画で仕入れていたため、クロードは迷いなくタオルを抱きかかえた。

顔を拭くための薄手のタオル地の強度を試し、それをいくつも繋げてゆくと、簡単に縄梯子ができた。輪を作って足を引っ掛けられるようにしたから、登りとなる帰り道も問題なさそうだ。

そういえば財布がない。というかクロード自身は直接金を使ったことがない。まあ、前世の記憶があるから買い物は問題なくできるだろうが……。

「あ。たしか、たまにみんなにあげるお小遣いが引き出しにあったはず」

内緒のお願いを聞いてくれた使用人に渡す銀貨があったのを思い出し、書き物机の引き出しに剝き出しで突っ込んであった硬貨をポケットに入れた。

タオル梯子を手に、クロードは窓を開ける。

夜気が涼やかに頰を打つ。

目の前には整えられた庭と、塀沿いの樫(かし)の木(き)、そして壁向こうに連なる夜景の街。春先で空気は澄んでいて、自然とわくわくしてしまう。

——夜のお出かけ、好きなんだよなあ。

たとえ前世での死の遠因だったとしても。

テラスの端、壁際にタオル梯子を設置して、いざ行かん夜の街へ。

訓練しているわけでもないのに、案外と上手にクロードは屋敷を抜け出すことができたのだった。

「う、まーい」

紙袋を抱えたクロードは、今日の帰りに見かけた揚げパンを無事入手してご機嫌で街を歩いていた。中にトマトソースベースの肉餡が入っていて、揚げたピロシキ、といったところだろうか。店で一つ試食したあと、まとめて十個も購入してしまった。半分とっておいて、明日もこっそり食べようとクロードはほくそ笑む。

大通りにある宿場街から一本裏手に入った道も、いわゆるアッパータウンなので街並みはきれいだ。豪商のお屋敷兼店舗が多いため道行く人の身なりもちゃんとしている。馬車道と歩道がきちんと分けられている中を、物見遊山気分で歩く。

変装してもなお溢れ出ると注意された『美しさ』も、目深にかぶった帽子に加え、買い食いなんていうお行儀の悪さが打ち消してくれるようだ。

——本当に楽……男の恰好、超楽！

女性じゃないというだけで、夜の街も安心して歩けてしまうのは素晴らしい。前世の日本と同程度に王都の治安はいいのだが、やはり夜ひとりでうろつくなら男の姿の方がいい。

「あ。『深淵の騎士』がいたっけ」

二個目のピロシキもどきを手に、クロードは呟いた。

治安はいいけれど義賊がいるのだ。この二ヶ月で三件ほど、舞踏会中の貴族の屋敷が被害に遭った。ただ、賊は盗んだ宝飾品や書類を納税管理局へと送りつけた——脱税の証拠として。

その際、出された告発の檄文が『我は深淵よりの使者』で始まったため、義賊は『深淵の騎士』と呼ばれるに至った。

――中二病……。

ふくく、と喉の奥で笑ってしまう。前世の記憶が戻る前のクロードは『深淵の騎士』とはなんてカッコいいのだろう、と心底思っていたのだが、多面的な見方というのは人を変えるものだ。

そういえば、前世のゲームにも義賊は登場していた。名前すらなく、メインイベントに出てくる偽義賊の前振りでしかなかったが、それが深淵の騎士なのかもしれない。

なんて考えつつ歩いていた足を、クロードは止めた。

街灯の導く先、ひときわ大きな屋敷の前に多数の馬車が並んでいる。どうやら付近の豪商が舞踏会でも開いているようだ。

庶民とはいえ金持ちは貴族と同等の暮らしをしているといっても過言ではない。貴族と豪商の境はただひとつ、爵位の有無である。舞踏会は人脈を得るのに最適な社交だ。商売のため、下手な貴族より商人の方が多く開催していることとすらある。

すでに晩の四つを過ぎているのに、まだ宵の口とばかりに色とりどりのドレスをひらめかせた女性やそれに付き添う男性たちの乗った馬車が一台、また一台と門に吸い込まれてゆく。

なんにしてものんびりピロシキもどきを楽しむ雰囲気ではないと、クロードは回れ右をした。数街区分戻ったところに噴水広場があったから、そこでゆっくり堪能しよう。

そんな時だった。

豪邸の脇道の奥で何やらが盛大に壊れる音がした。続いて、捕まえろ、という野太い怒号。ビクリとして路地を覗き込むと、ひとり先んじて走ってくる黒い人影と、それを追う何人もの男の姿が遠くに見えた。

後ろを振り返る黒い人影が、顔から何かを毟り取ってまた走りだす。思っていた以上に人影の足は速く、路地の角から顔を覗かせていたクロードに間一髪ぶつかりそうになった。「おっと」と一歩後ずさった目の前、ちょうど路上を照らす明かりの下、クロードはその顔を見て驚いた。

「アル……?!」

黒髪に藍の目、切れ長で印象的な眼差し。ガス灯の明かりでも輝く美形ぶりは、今日の昼間、傍近くでご尊顔を拝したアルベリク王子その人だった。

だがクロードの声に鋭く振り向いたアルは、数瞬目を瞠ったあと、唇を強く引き結び睨みつけるような瞳で「俺は、エリックだけど?」などとのたまった。

びっくりだ。常に丁寧、穏やかに微笑むアルベリク王子が、反抗期の少年のようなキレッキレの眼差しをしている。いやどう見てもあなたアルベリク様ですよ、とは思うものの、いつになく厳しい視線がそれ以上「アル」と言い張ることを許してくれない。まあ今のクロードは女装していないし帽子もかぶっているしで、向こうからしたら「誰だこいつ」状態だろう。警戒されても無理はない。

それよりもこのアルにしか見えないエリックくんは、大勢の人に追われているようだ。

——とりあえず、恩は売るもの!

クロードは自分の帽子を脱いで、ずぽっという擬音がお似合いの勢いで自称エリックにそれをかぶせた。男たちの足音が近い。その腕を強く引き、路肩の花壇の縁に腰かけさせ、素早く紙袋からピロシキもどきを取り出すと相手の口に突っ込んだ。

「っ、な」

「おとなしく食っとけって。追われてんだろ」

パンを咥えた自称エリックがクロードの顔へ視線を揺らめかせて何やらモゴモゴする。文句でも言いたいのだろうが放置して、クロードもパンを取り出し齧りついたところで、追っ手の男たちが路地からまろび出てきた。道の左右をきょろきょろ見回すが、馬車が多く出ているせいか見通しが利かないようだ。こちらに目を止めると強面のひとりが近づいてきた。

「よう、この路地から黒い覆面をした野郎が出てこなかったか」

どうやら追いかけていた相手の服の色も覚えていないらしい。それなら十分誤魔化せそうだ。

「なんだかすごい勢いであっちに走ってったけど」

馬車のひしめく方を指すと、男たちは口々に「人が多い」だの「見失ったなんて知られたら」などと愚痴を言い始めた。無駄口を叩くよりもさっさと去ってほしいのだが。

そんな気持ちを隠し、興味なさそうな顔で揚げパンを咥えるクロードを、男たちのうちのひとりが腰を屈めて覗き込んできた。

「お前、美人だな。そんなシケた奴とパンなんか食ってないで俺たちと飲もうぜ？　すぐに仕事終わらせてくるからよ」

「……はい？」

一瞬何を言われているのかわからず、素で首を傾げてしまった。数秒遅れて、ああナンパか、と気づくもその時には男に手首を掴まれ強制起立させられていた。強く握られたせいで手指から力が抜け、美味なる揚げパンが石畳の上にぼてりと落ちる。

「あっ……」

世界の終わりのような声が漏れた。さっき二個食べてアルに一個あげたため、今落としたのは四個

目だ。残りが六個になってしまった。

「おま……っ」

なんてことをしてくれるんだとクロードが男に食ってかかろうとした矢先。

「その手を離せ」

低く強い声がすぐ脇から聞こえた。

隣を振り向けば、アルが立ち上がっている。帽子の陰りの下、眼光がきらきらと鋭く輝く。

追われてるくせに何をやってるんだこいつは、と思うものの、アル——『覆面男』を追いかけていたはずの男たちもまた職務を忘れているのかこちらへと戻ってくる。揉め事大好きか、と心中で呆れて突っ込んでしまう。

「なんだ？　たてつこうってのかこいつ？」

「お前みたいなガキにはもったいねえだろこんな美人ちゃんはよ」

「こいつは返してやるからとっとと失せな」

言って、他のメンバーがクロードの手から紙袋を取り上げ、アルにぐいと押し付けた。ふぅ、とアルはため息をつくと、袋の口を丁寧に折って花壇の縁にそっと置く。その物腰、エリックなどと名乗っているがやはりアルだ。流れるような所作につい見入ってしまう。

だが美しい動きでクロードの大切なパン袋を避難させたアルは、穏当に事を終わらせるつもりなどないのか、くいと顎を上げ蔑んだ視線を男たちに向けた。

「その汚い手を離せと言ってるんだよ。そいつは俺のだ」

うぐ、と思わず呻いてしまったのは男たちではなくクロードだ。なんとなれば。

――か、っこいいぃ……！

いきなりそんな殺し文句を言わないでほしい。お気に入りキャラの新作スチルを目の前で見ている気分だが、そんなのんきな状況ではないのは男たちがどっと殺気立ち腰のショートソードに手をかけたのを見ればわかる。

さすがに刃傷沙汰はやばい。この平和な世界で血など見たくはない。だがクロードの願いも空しく、コケにされたと感じたらしき男たちは『覆面男』を追いかけるのも忘れてアルに突っ込んでいった。

「ちょっ、ま」

注射の時、前世クロードは針が刺さるまで見つめてしまう派だった。今も、怖いものから目を逸らすか注視するかならば間違いなく後者だ。

目を見開くクロードの前、襲いかかられたアルは流れるような動きですらりと腰から短剣を引き抜いた。刃が外を向くように逆手に持つと、軽々と男の剣を受け流してゆく。ただ勢い任せに突っ込んでいくゴロツキたちとは体捌きがもうまったく違う。

呆気に取られていたのはクロードの手を摑んでいた最初のナンパ男もだった。しかし、これなら逃げ出せると手首を抜いたら、そうは問屋が卸さないぜとばかりに摑みかかられた。

――あ。

この状況はアレだ。弱小柔道部ながら前世で修練に励んだ身体の動きが蘇る。クロードは、自分を引き寄せる相手へとわざと大股で近寄った。まさか寄ってこられると思っていなかったろう男の襟元を摑みぐいと押すと、相手は重心を後ろへと崩した。

よしここだ。クロードは思いきり相手の軸足を払う。何をされたんだという顔で身体を強張らせた男は、ドスンと派手な音を立てて地面に転がった。

——型崩れしてたけど大外刈りが決まってしまうとは……！

仕方なく入った部活で友達と技の掛け合いっこをしていた成果がこんなところで出るなんて、前世様様パートⅡだ。周囲もびっくりしているようだが自分でもびっくりだ。

「おい、逃げるぞ」

男たちが機能停止しているのを即座に見て取ったアルが、クロードの腕を掴んで走りだす。花壇の縁から忘れずにパン袋を救出し、クロードは引っ張られるまま夜の街を駆けた。

背後で怒鳴る声がするが、それと同じくらいの大声で「ちょっかい出したてめぇが悪いんだろ」「覆面野郎に逃げられちまったろうが」とナンパ男を糾弾する声が聞こえてきた。どうやらこちらを追いかけてくる余裕はなさそうだ。

手を繋いだまま先を行くアルが後ろを振り返り、クロードと、さらにその背後に目をやり小さく口角を上げる。やはり追手はかかっていないらしい。

「ふ……ははっ」

なんだか楽しくなって思わず笑ってしまう。噴水広場の手前の路地を曲がって緑道へと入ると、立ち止まりひとしきり呼吸を整えたアルもまた、苦笑を朗らかな笑みへと変えて言った。

「悪かったな、俺のものだなんて放言して」

「いやいや俺も、助けたつもりが助けられちゃったな。ありがと」

互いに謝罪しながら、どちらからともなく植え込み脇のベンチへと座った。

ぶっちゃけクロードが一番聞きたいのは「なんで追いかけられていたのか」ということなのだが、

偽名を告げたり追手がどう見てもごろつきだったりしたので、あまり突っ込んで聞いちゃダメなやつだ、と自分を納得させた。アルの方が正義に決まっている、という推しキャラへの謎の信頼感もある。

ともかく何か軽い話題を、とクロードは口を開いた。

「まさかこんな恰好なのにナンパされるとは思わなくてさ。美しさは罪ってやつだな」

ここは笑いどころですよ、というように大袈裟に肩を竦めると、アルは「ナンパ？」と怪訝そうな顔になる。だがすぐに「たしかに美しい」とからかいを一切含まない真摯な眼差しで頷いた。

「う」

突っ込んでよと思いつつもあまりのイケメンぶりに胸を押さえて呻く。

前世のクロードは姉に調教された乙女ゲーマーだったため、男の魅力に萌える回路が備わっていた。その前世の記憶と共に持ち越されたきゅん回路のせいで、クロードの胸も高鳴ってしまう。

——さ、さすが俺の推しキャラ……これならアリスちゃんも余裕で落とせちゃうだろ。

男の姿に戻る助けとしてなんと頼もしいのだろうか。きゅんときてしまった心臓を宥めつつ、

「えっと、俺はクロード」

と本名を名乗った。

咄嗟に偽名が思いつかなかったせいもあるし、どうせクロディーヌと同一人物だなどとわかるはずもない。多少顔が似ていると想起されるかもしれないが、アルはそもそもクロディーヌを完全に女性と思っているはずだ。何しろデビュタントの時ですらクロードは女性装で参加し、女性側としてアルと踊ったくらいである。今の自分は髪も黒いし化粧もしていない。言葉遣いも下町のそれだから、ダンスで足を踏みまくってきた侯爵令嬢が目の前の庶民服の男だなんて思いもしないだろう。

――俺も、アルが王子だって気がつかないふりしてやらないとな。

追われているのにわざわざ立ち止まって偽名を宣言したのは正体バレしたくないからだろう。残念ながらこちらがアルの顔を知っているのでまったく無意味な宣言だったが、その心は酌んでやるべきかと思う。なんとなく、再放送の時代劇で見た、お忍びで出歩いている将軍様を思い出し微笑ましくなる。

「ええと、エリックが、俺の知り合いのアルに似てたから思わず声をかけちゃったんだよ。ごめんな」

「……ああ。俺もムキになって悪かった」

なにも言い返す必要はなかったと、決まり悪そうにアルが笑う。そして、助かった、と帽子を脱いでクロードに差し出しながら、どこか探るような視線を向けてきた。

「クロードは、どうしてあんなところに？」

「ん？　夜の街って面白いから」

「それは……危ないだろ」

「ああ、うん、出歩くの初めてで舐めてたわ。まさかナンパされるとはなあ……全開ナルシストなのにそのあたり全然考えてなかったのはまずかった」

「……ゼンカイナルシスト」

アルがまた怪訝な顔になった。そういえばさっきから「ナンパ」にも変な顔をしていたが、もろに日本語な前世の言葉が通じなかったせいだったのか。

「ええと、自分の顔大好きなわりに、こう、不埒な輩に言い寄られる危険性を考慮してなかったというか」

ナルシストについての解説を恥じらいながら呟くと、アルは真剣な顔で頷く。

「そこは第一に警戒すべき部分だな。しかしそのゼンカイナルシストという言葉、まるで光の乙女みたいだ」

「あ、おう、光の乙女な」

正体云々から話題が離れ、クロードはホッと息をついた。

前世でプレイしていたゲームのサブタイトルは『光の乙女と五人の貴公子』だ。その名の通り、ゲーム内ではプレイヤーキャラのアリスが『光の乙女』になった。王国の繁栄に必須、といった抽象的な描かれ方で役割の詳細はなく、光の乙女に選ばれたあとは攻略キャラとのラブラブ後日談が入ってエンディングだった。

だがこの世界における『光の乙女』にはきちんと役目がある。任期は一年、ゲーム同様建国祭の夜、王宮広場の泉を光らせることのできた女性がその年の『光の乙女』だ。異界の知識を得て、それを国にもたらしてくれる。「夢を見ました」という言葉で始まる託宣は、今日クロードも読んでいた『光の乙女の言葉』という本としてまとめられるのだ。

「再来月の頭には建国祭だもんなあ。今年の乙女はどんなこと話すんだろ」

ゲームの通りなら、今年はアリスが『光の乙女』だ。

「今の乙女はずっと、料理について語っているよな」

「ああ、そういやしょっぱなから醤油、醤油がないって言ってたなあ」

ははは、と笑って、クロードは愕然とした。

前世の知識が戻る前は「ショーユってなんだろう」と思っていたのだが、今では「ショーユ」が「醬油」だとわかるようになっている。異界の知識とは、もしかすると日本の知識ではなかろうか。そういえばクロードが当たり前のように享受している風呂や水洗トイレ、ガス灯も過去の『光の乙女』によってもたらされたものだ。今更ながらに歴代光の乙女に感謝する。しかし醬油がこの世界にないと気づいてしまったのはちょっとショックだ。

「どうした、クロード」

刺身が美味しく食べられないことに思いを馳せてしまったクロードを、アルが覗き込んでくる。いきなり醬油という調味料について語るのはさすがに不審すぎるので、クロードは「その前はあれだよな」と話題を変えた。

「ずっと歌っている乙女じゃなかったっけ」

「そうだったな」

「あれ、ちゃんと楽譜付きでお言葉集になってるのは面白かった」

「聞いたこともない主題旋律だったから、もしも乙女が調子外れでもわからないんだよな」

「あーたしかに」

クロードが思い出すに一昨年の乙女がよく歌っていたのは、前世の自分が高校三年の頃に流行ったダンスグループの曲だ。

――乙女が得る異界の知識ってどうなってんだ？

自分が大学三年で死んですぐにあっちから転生したとなると、死後二十年近く経っていることになるわけで、となると乙女が得ている知識は二十年くらい前の日本のものになるのだが。頭がこんがらがってきて、クロードはその悩みを放り投げた。こちらで生きていくうえで大した問題ではない。

……完結していなかった漫画の続きを教えてくれる乙女が現れる日が来るといいな、とは思うけれど。

悩みというほど重くもない疑問を頭から追い出し、かもんべいびー、と口ずさむと、アルも笑って一緒に歌う。意味はわからないと言いながらリズム感はばっちりだ。とはいえこの世界でのダンスミュージックといえばワルツやらメヌエットやらなわけで、ユーロポップが浸透していくのはまだまだ無理だろう。いつかロックの概念が伝播したら、この容姿を活かしてヴィジュアル系ロッカーになるのもいいな、なんて妄想を繰り広げ楽しくなってしまった。

ともかくそんなふうに、光の乙女は有為無為の新しい文化や技術知識を与えてくれるのが常で、そのすべては貴族学院に併設された王宮図書館の『光の乙女の言葉集』に納められている。

――あ。あれ見られるの貴族だけなんだった。

せっかく庶民に変装しているのに貴族階級だとばれてしまっただろう。学院でお前など見たことないぞ、なんて言われたら困る。だが、ちらりと横目で確認したアルは楽しそうに歌っていて、突っ込みを入れてくる様子はない。

アルとしては下手に「それは貴族のみ閲覧可能な情報」などと指摘して「あなたこそ王子じゃないですか」なんて反撃されるのを懸念しているのだろう。

クロード的には、クロディーヌとバレていなければ問題ない。アルも、こちらが指摘しなければ「俺は庶民です」という体で貫き通すだろう。まあ、お互い正体の詮索は野暮というものだ。

それぞれ相手の身分に気づいていながらも、そこには触れずに交流するのはちょっと楽しい。前世の記憶と共に根付いたアルへの距離感をさらけ出しても問題なく済むのは楽だし――何より、一番の推しキャラと夜遊びできるなんて最高ではないか。

「ああ、カラオケ行きたいなあ」

浮かんでくる曲をいくつかアルと口ずさんでいたら、ふとあの娯楽空間が思い出された。

「カラオケ……？　また不思議な言葉を使う。もしかしてクロードが今年の『光の乙女』なんじゃないか」

アルがからかうように笑う。

「残念ながら『乙女』ではないので」

「たしかに、『ナンパ』されるくらい美人だが男だな」

覚えたての言葉をアルが上手に操る。そういった勘の良さは王子として大事な資質なんだろうなあと、ちょっと感心してしまう。

しばらく埒もない掛け合いをしたあと、そろそろ帰ろうかなとクロードは腰を上げた。そこへ真剣な顔でアルが、「一人で夜に出歩くのはやめた方がいい」と忠告してくる。

「今日は不思議な体術でうまく逃げられたけど、危ない」

「うーん。そうなんだけどさ、さっきまた美味そうな屋台見つけちゃったんだよなあ。食べてみたい。だからさ、アル……じゃなくてエリックが付き合ってくれればいいんじゃないか？」

「俺を用心棒にしようってのか？」

「だって強いし。まあ、そうそう出歩けないかもしれないけど」

「……三と七と十の日は、晩の三つにこの噴水にいるようにしよう。もし俺がいなかったらクロードは帰れよ」

「おっ、いいなそれ。てことは今日が十七だから、次は二十の日か。今度は屋台で汁麺ていうの食べようぜ」

「食欲のために危険を冒すその心意気がすごいな。わかった、できるだけ用事を片付けて来るようにする」

くすくす笑われるが食欲の前に恥など感じない。それよりもスマホがない時代の約束ってこんな感じなんだろうな、とわくわくする気持ちが湧いてくる。推しキャラと友達とか最高じゃない？　と。

それに、男の姿でうんと仲良くなっておけば、いつか女装を解除しても「なーんだクロディーヌの正体は食べ歩き仲間のクロードだったのかあ」なんてノリで済ませてもらえるのではないだろうか。

――あれ？　騙してることには、ならないよな……？

男装と女性装を使い分けて利益や情報を得るわけじゃないし、大丈夫だと思いたい。

一抹の懸念は残るものの、友達できちゃった、しかも推しキャラ王子、とテンションが上がった状態でクロードは帰路に就いた。

しかし。そんなうきうき気分は、タオル縄梯子を登った途端、吹っ飛んだ。テラスには仁王立ちのオーバンがいて、なんとこっそり尾行監視されていたことが判明したのだ。

「絶対出かけるとわかっていましたから屋敷の外で待機しておりました」

微笑み般若のような顔をしていたわりにお説教はなく、風呂で髪を洗い流してくれるオーバンはいい近侍だ。ごろつきに絡まれた時はどうしようかと思ったと、ため息をつきつつクロードの頭を拭う。

「一緒にいたのがアルベリク王子のようだったので、とりあえず静観いたしましたが」

「やっぱりあれアルだよな？　偽名使ってたから突っ込まなかったんだけど」

「偽名ですか？　何かご公務でもあったのでしょうか。上級貴族や王族の顔は庶民街では知られていませんから、隠密のお仕事に向くといえば向くのでしょうが……」

「危ないよなあ。まあ、もしかしたらオーバンみたいに、誰かこっそり護衛がついてきてたのかもしれないけどさ。——それでえっと、その。ご公務とは違うんだけど、三日後にまたアルと夜に会うことになったから」

「は……?!」

庶民ごっこは今日限りではないのかと目を剝くオーバンに「ていうわけでまた変装よろしく!」と宣言し、クロードは枕にタオルを敷いてベッドの中に潜り込んだ。

文句を言いつつもきっとオーバンは、新しい庶民服を用意してくれることだろう。部屋の明かりを消して出ていく影に「おやすみ」と声をかけると、「おやすみなさい、困ったご主人様」とオーバンは笑ってくれた。

※※※

何がどうなっているのだ今日は。学院での接触に引き続き、夜の街でもクロードに出会ってしまった。まさかあんなところに彼がいるとは想定外だ。梟(ふくろう)の伝書によってもたらされた、クロードの弟マリウスからの夜の定期報告には「兄はそのうち女装をやめるつもりらしいです」という情報のみで、夜歩きの予定など書かれていなかった。

——なぜ髪を黒くしてまで……?

何かしら強い理由がなければこんな時間にあんな恰好で出歩くはずがない。クロードは侯爵家の嫡子なのだ。現に、クロードの近侍であろう見覚えのある顔がそっとこちらを窺っていた。

一体お忍びで何をしたかったのかと、踏み込んだつもりでした質問に帰ってきた答えは、「夜の街は面白い」だった。そういえば昼間、馬車の中で揚げパンに興味を示していたなと思い出し納得する。だがわざわざ庶民に変装してまで出てくるとは。さらに追われるアルベリクを助け、悪漢を不思議な技で地面に転がし、走って逃げながら笑う。そのすべてが予想外で、胸を焦がすかわいらしさがあった。

庶民街だからと侮りこちらの顔はすっかり晒していたから、クロードにはアルベリクその人だとわかっているだろうに、咄嗟に告げた「エリック」として遇された。王子として緊張されるどころか、護衛としてまた夜の街歩きに誘われる始末だ。

とても、楽しかった。――クロードの近侍にずっと監視されているのが鬱陶しくて、視線でちらちら威嚇(いかく)してしまったほどに。まあ、クロードのような美しい主を持っては心配も募るというものだろうから、監視する気持ちもわからなくはない。

「男性としての姿を見たのは何年ぶりだろう……」

白金の艶やかな髪がなくても、うっすら描かれたそばかすが似合わなくても、クロードはたとえようもなく美しかった。

それ故、女性装をやめるつもりらしいというマリウスの報告には焦った。本来の姿に戻ったらクロードは、現在とは比べ物にならない数多の恋慕の眼差しに晒されることになる。女性には遠慮がちに接しても、男性には積極的な態度をとる者も少なくないし。今少し女性装のままでいて、その麗質を剝き出しにするのを待ってほしいと願う――自分のものになるまでは。

――また、三日後には会える。

今度は屋台の汁麺が食べたいと言っていた。ほかに庶民の街で面白い食べ物がないか調べておけば、クロードは喜ぶかもしれない。

今抱えている事案が片付いたらお近づきになろうと画策していたのに、とアルベリクは自身の運の良さに感謝した。

4

『チキチキ第一回男に戻る計画〜』！

朝からテンション高めなクロードは、ベッドから起きるなり拳を突き上げた。昨日の男姿での夜街探索は大変楽しかった。早くあんな日々を享受するため頑張るぞ、と気合を入れる。

この計画は、安心して女装解除するために邪魔な要素を排除していく、というものだ。アルとくっつけるのはさすがにアリス本人が登場しないとどうにもならないのでひとまず置いておき、まずは最も邪魔な、チャラ男ラウルのフラグを折るところから始めよう。

病弱チャラ男ラウルとアリスの出会いは、新学期早々、廊下で息苦しそうにうずくまっているラウルにアリスが声を掛けるところから始まる。以降、チャラ男ラウルはお茶をしようだの昼を一緒に食べようだのとアリスに構うものの、アリスは持ってきたお昼を学院の中庭で食べるから、と学食行きを断る。しかし、しつこいラウルはアリスと共に中庭に出るようになり、やがて健康を取り戻していく、という筋立てだ。最終的に「君の愛が僕の身体を蘇らせてくれたんだ」などという大仰なセリフを吐くに至るのである。

――それただの不健康児がピクニックで元気になっただけだよな？

そんなことがポイントならば話は早い。

アリスに出会う前に、同じ方法でラウルを健康にしてしまえばいいだけの話だ。今日から新学期が始まるまでの十日強で即座に健康になるとは思えないが、少なくとも家でゴロゴロしているよりは多少マシだろう。

オーバンによる朝の支度が済み朝食に呼ばれ一階に下りると、すでに家族は揃っていた。挨拶して席に着くクロードに給仕が静かに皿を持ってくる。

「今日も愛らしい色合いですね……」

マリウスがクロードの装いをチェックして一言感想を寄越す。本日のクロードの服はピンク生地のワンピースに白いレースを重ねたもので、春らしい空気を醸し出している。鏡を見た瞬間はクロード自身「かっわいーい」と音符付きで評価してしまったが、自分自身がピンクの似合う美少女なのだということを自覚すると遠い目になる。

「あ、そうだ。今日の午後あたりラウルのところ行こうと思うから、会えるかどうか連絡入れておいてくれ。軽食とお茶の用意もよろしく」

とりあえず家では裏声と女言葉の廃止から始めようと、男ボイスで傍近くに控えるオーバンに頼む。家族は男に戻ろうと画策するクロードを受け入れることにしたようで、昨夜のような探る視線は寄越されなかった。

「兄上がラウル様のところへ？　また珍しい方と会いたがるものですね」

「別にすごく会いたいわけじゃないんだけれどな。あの病弱くんをちょっと庭に引きずり出してやろうかと」

「……その笑い方、なんだか悪い人のようですよ」

「お。悪役っぽいか？」

アリスに好かれないようにするために悪役令嬢となる道筋も一応生かしておかねばならないのだ。悪い笑みができているのはちょっと嬉しい。少し練習しておくのもいいかもしれない、とのんきに思い、クロードは卵料理を口へ運んだ。

「昨夜また『深淵の騎士』が出現したらしいな。今朝、納税局のアルマン卿の邸宅に証拠と告発文が届いていたそうだ」

先に食事を終えていた父が、筆頭執事から受け取った新聞を眺め呟いた。前世の新聞のように分厚いものではなく、ほんの数頁のペラペラの印刷物だ。

「脱税告発はもう四件目ではないですか。税を逃れ財を増やすなど貴族として到底許されることではないでしょうに」

マリウスが呆れたように言う。

「今回は貴族ではなく豪商だそうだ。北七街区のニコラ宝飾品商会……うちは取引はなかったな」

「わたくしはないですけれど。クロードもないはずですわ。ね？」

「はい、俺はあんまり宝飾品には興味ないので大丈夫です」

母からの問いに応じて、ふと気づく。北七街区といえば昨日舞踏会を開いていた辺りだ。

「その商会、羽振りがよく舞踏会なども主催しているところですよね」

「ああ、叙爵の打診を断ったというから内情はさほど良くないのかと思っていたが、脱税とはな」

叙爵の話も出ていたのか、とクロードは昨日の舞踏会の盛況ぶりを思う。

簡単にいうと、めちゃくちゃお金持ちな庶民には国から「男爵になりませんか」という打診がくるのだ。国には成金男爵貧乏子爵なんて言葉があるくらいで、男爵位は金で買えるのである。

ただ、その打診は断ることもできる。爵位を得れば貴族との繋がりができるので商売人にはありがたいことだが、税金も増えるからだ。貴族との繋がりは舞踏会で作ればいい、という考えの商家は叙爵を断ることも多い。けれど今回のニコラ商会は、税金を払いたくないからと叙爵を断り、その裏では利益を隠して脱税していたわけだ。悪徳商人だ。

「しかし『深淵の騎士』はよく脱税者を見つけてくるものですね。実は納税局がなかなか立件できない脱税を、義賊のふりして強引に証拠を盗って検挙しているとかだったら面白いのですが」

前世的には友達との軽口でしかないような冗談を言って笑ったら、皆が愕然とした顔になった。

「そんな考え方はしたことがなかったな……！」

「たしかに……義賊とはいえ盗賊ですのに、取り締まりが強化されていないのは何か思惑を感じなくもないですわ……！」

「……兄上、そういったことはあまり外で口には出さない方がいいですよ」

感心するばかりの両親と違い、マリウスだけが「どこで誰に揚げ足を取られるかわかりませんよ」と注意をくれた。たしかに今のこれは義賊と統治者がグルだと言っているようなものだ。

「ああ、家の中だけの話にしておこう。マリウスはよく気がつくな」

「兄上が考えなしすぎるんですよ」

「厳しい……兄の威厳とは……」

深刻な理由なく女装している時点であまり威厳はないぞ、と内心でセルフ突っ込みを入れるところまでをセットにして、クロードは酢の利いた野菜マリネを口にした。

午後になった。軽く昼を食べたあと、クロードはあんまり会いたくないけれど会っておくべき相手、ラウルの元へと出かけることにした。

基本的にクロードは休暇中あまり出かけない。前世風にいうと完全にインドア派だ。

夏の長い休みは領地に帰るが、春休みのように三週間ほどしかない場合は本を読むか、適当に鳴り物を奏でるなどして時間を過ごす。春休みに入ってすぐ、学院で仲良くしている令嬢三人組とお茶会をしたが、人付き合いなどその程度で、お世辞にも社交家とはいえない。

そんな自分が、チャラ男ラウルを健康にさせるプロジェクトに着手してしまうとは。まあそれもこれもアリスとアルをくっつけるため、そして自分の女装解除のためだ。

ラウルは公爵令息で、アルとは従兄弟の間柄なので、ちょっとえらいおうちの子だ。ただ、本人がこんにゃくのようなくにゃくにゃ系なのであまり威厳はない。

――まずは庭に連れ出して日光浴びせないと。ランチに釣られてくれるといいなあ。

そんなことを考えつつ馬車に揺られて着いた公爵邸で、クロードは思いがけない人物に会った。

「ごきげんよう、クロディーヌ嬢。こんなところで会うとは奇遇ですね」

「アル……ベリク、様?」

なぜか麗しの王子、推しキャラのアルが、輝かんばかりの笑顔で挨拶してきたのだ。

帯同したオーバンを振り向くも、アルが同席することなど知らなかったらしく小さく首を振っている。先約があったのなら自分の訪問なんて受け付けてる場合じゃないだろ、と思うのだが、通された応接室の長椅子に腰かけたラウルは面倒くさそうに「やあ、クロディーヌ。とりあえず座ったら」と勧めてきた。

——なんか……お前ゲームスチル通りすぎじゃないか……？

金の髪をキラキラさせてしどけなくソファにもたれかかったラウルの姿は、ゲームの画面で何度も見ているものとそっくりだ。無駄に胸元をチラチラさせるんじゃない、と内心突っ込みながら昼の挨拶をするクロードに向かって、ラウルは、ふあああ、と大きなあくびをした。

「なんかねえ。お前からの先触れのあと、アルベリクがいきなり来たんだよ。クロディーヌが来るから帰ってって言ってるのに『私もお会いしたいです』とかなんとか言って、朝から居座ってて鬱陶しいったらないよ」

「鬱陶しいも何も、あなたは二度寝していたでしょう、ラウル」

「訪問相手が寝ているのに午後までずっといるなんて、王子稼業は暇なのかなって思うよね」

アルの何をからかっているのか、ラウルは楽しそうに目を細めている。ひんやりした視線でその笑みを受け止めたアルは、ラウルに向ける冷たさとは打って変わった微笑みをクロードに向けてきた。

「クロディーヌ嬢は、どうしてまたこんなもののところへ？」

「こんなものってひどくない？　——でもほんとに、クロディーヌがわざわざ来るなんて珍しいねえ」

ぽややん、と何も考えていないようなあくび交じりの声に、ついクロードはにやりと笑ってしまう。そのぽやぽやのお昼寝脳で緩んだ身体を健康青年に変えるためにやってきたのだよと。

「ラウルはちょっと身体が弱すぎて、公爵家令息として恥ずかしいのではなくて？　——と思いまして、お庭でお昼をご一緒するなどして元気にして差し上げようかと」

フフフと微笑みながら告げたセリフは、なんだかとっても悪役構文ぽかった。お前の惰弱さが恥ずかしい、とまずは貶め、次にわたくしが元気にして差し上げる、と上から目線で恩を売る。完璧だ。もしや自分には悪役令嬢の才能があるのではなかろうか。

と思っていたのに、思いがけない方向から会話の球を投げ込まれてしまった。

「なあに、僕の虚弱体質が気になるの？　心配してくれるなんて、クロディーヌってば僕のことが好きなんだ？」

「ななっ何をおっしゃるんです！　好きじゃありませんわ」

「好きじゃなきゃ心配なんてしないと思うんだけどなあ」

「好きじゃなくても心配はしますけど⁉」

同性恋愛も普通の世界ではあるがラウルを好きだなんてひどい誤解は受けたくはない。焦って否定すればするほど理想の悪役令嬢のクールさから離れてゆく。ラウルめ。

そんなじゃれ合いめいた言葉遊びの場に、

「ラウル……其方……」

冷え冷えした声と視線が投げ込まれた。

――ちょっと！　仮面王子とか言った人誰！

つい内心でそんな突っ込みをしてしまうくらい、アルは氷の王子様な表情をしていた。

「もう、そんな怖い顔しないでよアルベリク」

「おかしなことを言ってクロディーヌ嬢を困らせないように」

「はあい」

なるほど、どうやらアルのひんやりアタックは、女性をからかうラウルにのみ向けられたものだったらしい。なかなかのフェミニストぶりである。「ありがとう存じます」と礼を告げると、アルはこれまたスチルにはないような嬉しげな笑みをクロードに返してくれたのだった。


そんな、ラウルに厳しく女性にやさしいアルの助力もあって、クロードは病弱チャラ男ラウルを庭でのピクニックに連れ出すことに成功した。とはいえ公爵家なので、ピクニックシートを敷いて地べたに座るなんてことはなく、丸テーブルとガーデン用の椅子が木陰にしっかり用意されている。昼食をとっていないというふたりに持参した軽食を振る舞い、春先の日差しの暖かさを愛でる。

公爵家の庭は馬を駆ることができるほどに広大だ。領地の狩庭ほどではないにしろ、王都にありながら鳥や兎がたくさん棲みついている。広いなあ、とぼんやり庭を眺めるクロードの視界の端、何か茶色い小動物の影が過った。目を凝らすと、野兎だとわかる。

「うさぎがお好きなのですか？」

じっと眺めていたのがバレたのか、アルが話しかけてきた。

「そうですね、野うさぎは茶色くて目も黒くて、素朴な姿なのが好きですわ」

「捕まえてみましょうか？　懐けば飼えるかもしれません」

「楽しそう。わたくしもお手伝いしますわ。ね、ラウルも」

アルの言葉にクロードは立ち上がった。野良猫にしてもそうだが、野生生物がそうそう簡単に捕まるわけがないのはわかっている。ラウルが一緒に駆け回る呼び水にならないかなと考えてのことだ。

しかし動きたくない病のチャラ男は椅子に座りっぱなしでひらひらと手を振った。

「ふたりでどうぞ。捕まえられたらクロディーヌにあげるよ」

この怠惰人間め。一番動かしたい人物を動かせなくてちょっと悔しい。が、それはそれとして、やってみると兎を追うのはなかなか楽しかった。彼らは犬に追われ慣れているのか、アルにしろクロードにしろ人間などお話にならない遊び相手だったようで、うまく追い込んだつもりでも逃げられるばかりだ。兎を追うことにだけ夢中になって、アルと思いきり額をぶつけてしまう事態にまでなった。

少し休んできては、と促され、

「はぁ、ドレスじゃダメだ……」

と芝のついたスカートを払いながらクロードはテーブルに戻った。オーバンが注いでくれたアイスカフェオレで喉を潤していると、やけに楽しそうな顔でラウルが身を乗り出してくる。

「そういえばクロディーヌは男なんだよねぇ。ここ数年女性装しか見ていなかったから忘れてたよ」

「え。あ。つい疲れて地声になってた」

まあ相手はラウルだからいいだろう。思っていたより苦手なタイプではないし、チャラ男故か気楽に話せてよい。

「アルベリクの前ではうさぎに夢中になっても女声だったのに」

「だってアルは俺のこと完璧に女と思ってるはずだから。こんな美少女が実は男、なんて夢壊しちゃダメかなって」

「ふ……何言ってるんだか」

くはは、とラウルは面白そうに笑う。やはりナルシストネタはネタとわかってくれる相手には受けがいいものなのだなあ、なんて思い、ちょっとラウルへの好感度が上がる。

「というか……『アル』ねえ。お前、アルベリクとそんなに仲良かったっけ？」

「ああ、いや、つい。……あっ。それはそうと、ちょっと聞きたいことがあるんだけど」

前世の距離感故です、なんてもちろん言えるわけが無いので適当に話題を変えることにし、「ラウルの好みの女子ってどんな子」と質問を投げかけてみた。

「好みねえ。男性でも女性でも、いいなって思った人が好みの人だよ」

「ああ、なんとなく予想はついてたけど、うん」

さすがチャラ男、それ誰でもいいってことじゃないか、と遠い目になってしまう。これでは愛娘アリスを圏外に置くのは無理だ。

——とりあえず廊下での出会いの妨害に努めるしかないか……。

新学期までの十日ちょっとの間にどうにか健康にしてやるぞ、と決意を秘めてラウルを熱く見つめる。と、チャラい公爵令息は「そんな目で僕を見るなんてどうしたの」などと笑い含みの流し目を送ってくる。これがラウル流の冗談なのだとようやく気づき、クロードは呆れたため息をついた。

「ラウルはせっかく話しやすいんだから、変に色気巻き散らかさない方が好感度高いぞ」

「色気を巻き散らかすって、ひどい言い方だなあ」

「無駄に！　胸をはだけてるのが悪いんだよ。服くらいちゃんと着ろ」

「めんどくさいなあ。気になるならクロディーヌがタイを巻いてくれてもいいよ」

どうぞ、というようにラウルは椅子にもたれかかり、貴方のなすがままになりますと言わんばかりに目を閉じ脱力した。どうやら垂らしただけのクラヴァットを締めてくれ、ということらしい。

「まったく……」

無茶振りに慣れているのは前世で姉に鍛えられたせいだろうか。しかし仮にも女性装をした人間にこんなことをさせるあたり、やっぱりラウルはチャラ男だ。女性の敵だ。そんなことを考えつつ結び終わったところへ、ひんやりとした声が掛けられた。

「何をしているんです？」

思わず声もなく背筋を正してしまったクロードに比べ、

「タイを直してもらってたんだよ」

と、アルの絶対零度な眼差しにもまったく臆せず、ラウルがにっこり笑う。こいつすごいな、という思いと共に、アルがこんな態度なのはラウルの普段の行いが悪いからでは、という疑念も湧く。

「そんなことは見ればわかる。なぜクロディーヌ嬢が直さないとならないのだと訊いているのだ。それを解いたのがクロディーヌ嬢だったというのならともかく」

普段ゆったり丁寧な分、ブリザード吹いてませんかというレベルの喋り方が非常に厳しい。ただ言葉の中に、クロディーヌを気遣う気配が丸見えだ。もしやクロディーヌが来ると知っていてずっと居座っていたのは、女たらしチャラ男ラウルの素行を気にしてのことなのかもしれない。クロディーヌがチャラ男の毒牙にかからないよう配慮してくれていたのか。やはり紳士。アリスの相手にふさわしい。

それはそうと誤解を解かなくては、と、クロードは声を大にして宣言する。

「ご安心を、わたくしそんなもの解いておりませんわ」

「そんなものってひどい言い方じゃないかなあ？」

ぶうぶうと文句を言うラウルに、引き続きひんやり視線を送ったアルが鼻で笑う。

「クロディーヌ嬢にとってお前のタイなど『そんなもの』なのだそうだ」

「嬉しそうな顔してるねえ……。はいはい、どうせ僕は『そんなもの』ですよ」

さして不快になど思っていないような様子でラウルが肩を竦め手のひらを広げた。本当に仲が良くて、同年代の同性の友人がいないクロードからすると羨ましい。学院ではクロディーヌ様でいるおかげで、こうした同等の冗談を言える相手がいないのだ。

しかし今日、ラウルとはあまり気負わず好き放題喋れた。もともとどう思われてもいい相手なので緊張も何もないからだろうか。それも少々ひどい言い様だが、話すとなかなか馴染みが良くて、苦に思っていた公爵家通いが楽しく思えてきた。明日こそラウルを兎捕りに連れ出してやろう。

そんな決意をする額に冷えた風が吹いたのに気づき、クロードは顔を上げた。降り注いでいた日差しがやや傾きかけている。そろそろお暇しようかしら、と呟くと、アルがなぜかいい笑顔で「お送りしましょう」と宣言した。

アルと仲良くなるチャンスを逃せるはずがない。軽食のために持参した荷物を馬車に載せ先に帰るようにオーバンに頼むと、アルの従者に「クロディーヌ様をお願いいたします」と頭を下げ、オーバンは去っていった。

「あの者はいつ頃からクロディーヌ嬢の近侍をしているのです？」

「わたくしが五つの時からでしたかしら。察しがよくて良い近侍ですの」

犬でも猫でも集めてくれるし女装も男装も完璧にしてくれるスーパー近侍である。アルは、そうですか、と微笑で頷いた。

「じゃあラウル。わたくし明日も参りますので、うさぎを追える体力をつけましょうね」

「明日も？　どうして？」

「あなたが学院の廊下で息切れするようなみっともない真似をしなくなるようにですわ」

アリスと絶対会わせてなるものかと迫力満点の笑みを浮かべてみせるクロードを見つめ、アルは愕然とした顔になった。

「明日もですか……？　なぜクロディーヌ嬢がそんなにラウルに会いにいらっしゃるのです……？」

「ラウルに会いたいわけではないのですが」

「またさらりとひどいことを言う」

「ラウルに健康になっては欲しいんですの。幼馴染みとして見るに堪えないのですもの」

椅子に座ったままのラウルを、悪役令嬢っぽくぎろりと見下ろすと虚弱チャラ男は肩を竦めた。アルは「ならば」と身を乗り出してくる。

「何もクロディーヌ嬢がわざわざいらっしゃることはない。私が従兄弟として、この者が健康になるまで鍛錬に付き合わせます」

「けれど……アルベリク様はお忙しくてらっしゃるでしょう。それにいきなり鍛錬してラウルが儚くなってしまってても寝覚めが悪いですわ」

「いきなり殺さないでほしいなあ」

失言に近いクロードの冗談に図太くニコニコ突っ込んでくるラウルに思わず笑ってしまう。

「ラウルは気楽にお話しすることができるので、ちょっと楽しいというのもありますし」

「……わかりました。ただこの不埒者の監視のために、私もできうる限りこちらへ顔を出すことにいたしましょう」

「アルベリク様のご都合がつくのならば是非。お昼はわたくしが用意いたしますね」

どうしてもラウルと二人きりで会いたいわけでもないので、アルの意見を容れクロードは微笑む。アルは納得したようにうなずいてくれた。

やがて馬車の準備ができたと執事が呼びに来たため、二人は揃って公爵邸をあとにした。


昨日に引き続き王族の馬車に乗ることになってしまった。しかしいい馬車だなと感動を新たにするクロードの向かい、アルが至極真面目な顔でこちらを眺め見てくる。

「ラウルのタイなど結ぶとは、一体どんなお話の流れで……?」

自分がいない時にどんな会話がされていたのか気になるのは人の常なのだろう。こうして直截に尋ねてくるのはクロードが腹芸のいらない相手だと認識されているからだろうか。人としては嬉しいが貴族としては複雑だ。

「それはあの、無駄に胸をはだけるのはやめなさいと注意したら、直してくれと頼まれただけなのです。ですから誤解はなさらないでくださいね。あとは、どんな女性が好みなのかとか、ちょっとおせっかいなことですわ」

「好みの女性、ですか」

「ええ。男性でも女性でも、いいと思った方が好みなのですって。ラウルらしいですね」

「男性でも……、ですか」

いわゆるLGBTに関してとってても懐が深い世界だから、そんな話をしてもアルも笑ってくれるものと思ったのだが、麗しの仮面王子はなぜか眉間に皺を寄せている。

「申し訳ございません、ご不快な話題でしたかしら」

わりとアルは表情豊かだな、と思い始めていたところだが、さすがに不快感丸出しは王族として×印をつけられてしまうだろう。駄々漏れですよ、と注意喚起のためにわざとこちらから謝ってみせる。こういう腹芸はちょっと悪役っぽいよな、なんて思ったのだが。

「ああ、いいえ、話題が不快だったわけではありません。男性でもよい、などとラウルが言うのが非常に心配になっただけなのです。申し訳ありません」

「あ、いいえ、アルベリク様に謝っていただくようなことはございません……っ」

言外に諭すなんて芸当をしたものの王子に頭を下げられて焦ってしまった。どうにも理想の悪役令嬢には遠い。

何かとりなす話題を、とクロードはラウルの言動に思い馳せた。今日一日で、クロディーヌをからかうラウルに対して何度アルはひんやり光線を飛ばしてきたことか。守備範囲が男も、と聞いたら、そりゃあ眉間に皺も寄るだろう。

「た、たしかに、女性のみならず男性にまで今日のような調子でちょっかいをかけるとしたら、アルベリク様のご心労が大変なことになってしまいますものね。――あ、そういえば、アルベリク様が心惹かれるのはどのような方なのですか？」

せっかくだからアルの好みもリサーチしておこうと、話題転換を装いクロードは尋ねてみた。アリスがタイプならマッチングがとても楽だ。

「私が心惹かれる方、ですか……そう、自分が言うのもなんですが、人と会う機会が多いため、色々な人物を知っています。ですから物の見方、考え方、言動が予想外で面白い方に心惹かれますね」

「物の見方、考え方、言動……」

おお、と内心クロードは万歳する。アリスは豪商の娘とはいえ元は庶民、王族とは見方も考え方も違う。アルの興味を引くには十分だろう。

「それは、もしいらしたらきっと素敵な方でしょうね」

男の姿に戻る計画ががっつりと進む予感に、クロードはにっこり微笑んでしまう。アルはしばしその微笑みを真顔で見つめてきたかと思うと、ふ、と目を細めた。

「ええ、素敵ですね」

それはそれはやさしい笑みだ。まさかすでに意中の人がいて、その人を想い微笑んだのかとクロードはどきりとした。ただ流石にそこまで踏み込んで聞くことはできない。曖昧にいろいろ濁したいときのための淑女の十八番、『とりあえず微笑む』を実行しておいた。

その他には、アルがラウルの屋敷で昼を一緒にする際のメニューリクエストを受けたり、クロードの弟マリウスをこれからちょっと連れ出すという話をしたりした。

なるほど、マリウスをピックアップするついでに送ってくれたのか。自分と親しくしたいと言っていたのを実行してくれたわけではなかったかと、ほんのりとクロードはしょんぼりする。

公爵邸から侯爵邸まではさほど遠くはなく、アルとの時間はすぐに終わってしまった。屋敷の前に馬車が停まると、アルは御者席の隣にいる従者にクロディーヌが戻ったことと、マリウスを連れ出すことを侯爵邸に先触れするように命じる。

ほどなくして馬車のドアが開いた。すっと従僕が踏み台を置く脇、すでに待機していたマリウスが、いつも通りのツンとした顔で仕方なさそうにクロディーヌに手を差し伸べてくる。たとえ兄相手とはいえ、ドレス姿の者には手を貸すなんて貴族男性の鑑といえよう。

弟、癒やし、などと内心でニヤニヤしながら座席を立とうとしたところ、クロードに先んじてアルが立ち上がった。

あれ、と思うクロードの手を下から掬うように取る。

「クロディーヌ嬢」

「はい」

屈んで立ち上がったクロードに、低く密やかな声が語り掛けてきた。

「私のことは……アル、と呼んでくださって結構ですよ」

「え」

前世の記憶のせいで何度かアルアル呼んでいたが、本来それはごくごく親しい人間にしか許されない行為だ。そんな距離ナシ状態になりかけていたクロードに、アル自らがＯＫを寄越した。

びっくりしながらもクロードは嬉しくなる。何しろあの気安い会話をしていたラウルだって、アルベリク、と呼んでいたのだ。

「アル、様」

「アル、で結構です」

「では、アル。送ってくださってありがとう存じます」

涼しくなってきた車外に降り立ち見上げると、アルは満足そうに美しい唇の両端を上げた。

マリウスを拾うついでに送られたなんて思いはもう、どこかに霧散していた。

※※※

なぜなのだ、一体。

従兄弟であるラウルの居室に、自分とマリウス、叔父ヴィクトールと諸悪の根源ラウルが揃っている中、アルベリクは苦虫を嚙み潰したような顔で着席している。そろそろ、追い続けている大きな泥魚が釣り上がるのでは、という会議のために集まったものの、気になることがあって仕方がない。

――なぜクロードが、ラウルなんぞに会いに来たのか、それが問題だ。

理由は聞いたが、女性を口説くことに能力を全部振り分けているようなこの男の健康のために、クロードがなぜわざわざ心を砕くのか、その意味がわからない。朝からマリウスが伝書を寄越したためにラウル宅へ押しかけることができ、そこはほっとしているのだが、しかし。

「ラウル。其方クロディーヌ嬢におかしな真似はしていないだろうな」

「してませんせん王子。……いやだなあ、其方、なんて他人行儀な呼び方すぎやしないかいアルベリク」

「気にすることはない。他人だ」

「ひどい。今日は僕、ひどいことしか言われてないんだよねえ。マリウス、君の兄様にもだよ」

「申し訳ございません。兄はいつでもひどいのです」

ラウルとマリウスのやり取りにヴィクトールは常と同じ春の花の如き笑みを見せるだけだ。クロードをよくわかっていると言わんばかりのマリウスの言葉にため息を吐き、アルベリクは話を続けた。

「そもそも昨夕、ニコラ商会で事を起こした際にすぐ近くにクロードがいたのも疑問だ。本人は夜の街が面白い、としか言わなかったが。マリウス、調べはついたのかな」

「兄の愚痴をこぼすという形で近侍と交流を図ったところ、当日思い立っていきなり変装して出かけたようですね。それ以上は、口の堅い男なので聞き出せませんでしたが、兄の行動に深い理由があるようには見受けられなかったです」

「ではこちらの動きがばれているわけではないのだな？」

「それはないと思いますが、昨日、深淵の騎士は実は施政側が脱税に業を煮やして出現させたのではないか、などとひどく鋭いことを申しておりましたので下手に口にしないよう窘めておきました」

「それは……賢いな」

思っていた通りの人物だとアルベリクは嬉しくなる。

「しかしわざわざ変装などするからには、何かしら理由があるはずだが……」

あの白金の美しい髪をインクで染めるなどという暴挙——かぶせられた帽子からインク臭がしたのだ——本人がよくともアルベリクの方が許せない。

「あの……私見を申し上げてもよろしいですか？」

マリウスが手を挙げた。鷹揚に頷くアルベリクに、ひどく真剣な顔でマリウスは発言した。

「美しすぎるからだと思うんですよ」

ぶっは、と元気よく噴き出したのはラウルだ。身体を折り曲げてひーひー笑う。

「ま、マリウスは本当に、兄上が大好きでたまらないんだねえ。なぜそんなに好きなくせにいつもツンツンしているのか、僕にはわからないなあ」

「それは、兄上が悪いのです。何かといえば近づいてきたり抱きついたりするので、私はいつも非常に困っているのです。ラウル様にはわかりますか？　毎日あの美しいのほほん兄と顔を合わせなくてはならない私の苦悩が……兄なのに見惚れそうになってしまいため息を吐くしかなくなる日々の辛さが……。冷たく対応している今でさえ何かと抱きついてくるのですから、やさしい顔をしたら朝顔を合わせるや抱きしめてきます。それは大変困ります」

「ほう……」

楽しそうに笑い転げるラウルの隣、アルベリクは上瞼をまったいらにしたじっとり目つきになった。

「……マリウスはそれを良しとして受け入れているのか……？」

「え。あっ。いえっ。よ、良しとはしておりません殿下！　きちんと毎回、兄のそういうところが嫌だ、と申しており」

「嫌？　クロードに抱きつかれるのが嫌とは、それはそれで贅沢なことだ」

「あっ。いえ、ええ、そう強い拒絶ではなくですね、ただそのあの美しい顔が間近に来るとつい焦り言葉がきつくなるのは如何ともしがたいわけでしてただその、兄を嫌うとか嫌だとか本気で思っているわけではなく……と、ともかくですね、その変装は多分兄としてはあれです、自分は美しすぎるので変装しないと攫われる、等と考えてのことだと」

とうとうラウルは腹を抱えて「あっはっはっはっ」とハキハキした発声で笑い声を上げだした。正直、あんな変装では美しさが駄々漏れだからもっと用心させた方がよい、と思うアルベリクとしてはラウルの笑いのツボがまったくわからない。

——今の話に笑うところなどあったか？

マリウスがクロードに抱きつかれているという不快な報告があるだけだった。

「……ともかく、クロードは私たちの動きには何も気づいておらず、昨夕も単なる気まぐれで出歩き私と出会ったと、そういうことでいいのだな」

アルベリクのまとめに会議の面々は頷いた。「では」と仕切り直し、アルベリクは現在の活動のさらなる展開について説明をはじめた。自身と繋がる者たちの脱税摘発が進んでいる以上、泥の下で息をひそめる大魚も動かざるを得なくなるだろう。

真摯な話し合いに臨みながらも、その頬は地味に緩んでいる。なぜなら——あんな場所で偶然に出会ったなどと、まるでそれは運命のようで快いではないか、なんて考えが脳裏を過ったからだ。

場面によって様々に仮面を付け替えられるアルベリクではあるが、この緩みは暫しの間続いた。

5

翌日のラウル宅訪問の際にもアルはやってきた。来月からは卒業年次生となるわけで、すでに様々な公務にも駆り出されて忙しいだろうに、律儀にチャラ従兄弟を監視しに来てくれる。なんていい奴なのだろう。クロードがクロディーヌの姿をしていなかったらこんな気遣いもされていないだろうから、そう考えると非常にジェントルな王子ということになる。

——それにしてもアルって呼んでいいのはありがたいな。

前世の距離感に加え、夜の街で会ったときの気安さも手伝って、ぽろぽろと略した呼び名がこぼれそうだったのだ。

ラウルとアルの従兄弟漫才のような会話に笑ったり、兎捕獲戦略を練ったり、ラウルを鍛えるには乗馬でもした方がいいのかなどアルと相談したり、楽しく時間を過ごした。

夕方には、アルがまた家まで送ってくれるという。王族の馬車は非常に乗り心地がよいので嬉しい。ビロードの座面は今日もつるつるすべすべしていい猫を撫でている気分になる。

「今日もマリウスとお出かけですのね」

ついでだろうがありがたいことだと微笑むクロードに、アルはなぜか衝撃を受けたような顔をして
「いえ、マリウスに用はありません」と聞き様によってはひどい返事をした。

可笑しい。つい微笑むどころか声を出して笑ってしまうと、アルはおずおずと言い添えてきた。

「誤解なさっているかもしれませんが、昨日も、マリウスのことがなくともお送りするつもりでしたよ」

「え」

萌え、と思わず言いかけて、クロードは慌てて口をつぐんだ。アルがなんだか、誤解されては困るといった表情をしているのが妙にツボに入った。さらりと礼を告げるが、胸はうずうずと浮き立っている。記憶が戻る前のクロードにとってアルは、とにかく完璧な王位第一継承者で尊敬の念を抱くばかりだったけれど、前世を思い出した上でこうしてお近づきになってみると、なかなか表情豊かで楽しい。知らない面を見られるのは嬉しい。

「そんなに甘やかしたことをおっしゃると、アルに送っていただくのを当てにして、ラウルのところにご一緒した日にはわたくしの馬車はすぐに返してしまいそう」

「それで構いませんよ、クロディーヌ嬢。あなたのことは私がいつでも、責任を持ってお送りいたします」

あんまりやさしさを振りまいてはいかんですよ、と窘めたつもりが、ものすごく図々しいおねだり

をしたみたいになってしまった。慌てて断っても後の祭りだ。むしろ王族の好意は素直に受け取ってくださいと笑顔で脅される始末である。

廊下で転んだ日以来ちょこちょこアルと会っているが、本当に女性にやさしい王子だ。さすがに男に戻ったらここまでの扱いはなくなるだろうなと思うとちょっと寂しい。アリスとアルがくっついたら男の姿になるつもりだから、女子扱いはいいところあとひと月半ほどだろうか。

——ごめん、騙してるわけじゃないから……！

内心で謝りつつ、クロードはしばしアルのやさしさを享受することにしたのだった。

三日目のラウル参りではアルと会えなかったが、そのかわりに夜、エリックを名乗るアルとの約束の日だ。自分との夜の時間を作るためにラウルのところに来なかったのだろうと考えると嬉しい。ちなみにラウルの動向を見張るためのお目付け役がしっかり派遣されてきたのにはちょっと笑った。うきうきのクロードに反して近侍のオーバンは、変装して夜の街にお出かけ、なんてことを主が再度希望していることに胃を痛めているらしい。

「あれ？　今日はなんか、ちょっといい服じゃないか？」

地味色のシャツに地味色のズボンだった三日前と比べ、今日は上流の商人の息子くらいのコーディネイトになっている。襟と袖口に刺繍が入った白シャツに、深みのある青緑のボトムだ。

「髪の毛の染め粉？　これもなんかいい匂いじゃないか？」

「先日はいきなりだったのでインクを使ったままでです。さすがにインク臭い主を二度までも外に出すわけには参りませんので」

リモネンというハーブで爽やかにまとめました、と胃を痛めつつもオーバンは胸を張っている。

「今日はそばかすもやめておきましょう」

「なくても平気かな？」

「アルベリク王子とご一緒なのですし、信頼のおける方といらっしゃるなら、わたくしも監視なんて野暮な真似はいたしません」

「え。今日はオーバンついてこないのか？」

「野暮ではないと申しましたでしょう。おふたりでごゆっくりどうぞ」

「なんだそれは……」

お見合いで席を立つ仲人のようなことを言う。

「できれば屋敷までお送りいただけると安心なのですがそこまで王子に期待するのはさすがに不遜というものですので、時間を見計らってわたくしが大通りまでお迎えに参ります」

「ああ頼む。っていうか、アルは俺の正体気がついてないから家まで送ってもらうのは無理だぞ」

「……はい、そうでございますね」

何か言いたげだが呑み込みました、という顔でオーバンはにっこりと慈しみの笑みを浮かべた。

なんだか気になるなあ、と思いつつ、本日の外出のメインテーマ『屋台で汁麵を食べる』に心奪われ、クロードは意気揚々と今日も窓から出かけた。

――汁麵、どんなかな。ラーメンっぽいといいな。

チャーシューの載った前世のラーメンを思い出し、クロードの腹はくきゅる、と鳴る。

箸で食べるのかな、とか、一応箸は伝来してるからな、なんて考えつつ、足取り軽く待ち合わせ場所の噴水広場に着くと、すでにアルがいた。先日のような黒一色の服装ではなく、白いシャツに黒味の深い臙脂色のズボンとタイを合わせている。

「お待たせ、ア……エリック。今日の服かっこいいな」

「クロードもなんだか前よりきれいになってるな」

褒めに対し褒めで返すのはずるいと思う。自分で自分を美しいだのきれいだの言っているクロードだが、こう素直に褒められると弱い。いや、クロディーヌファンの学友にはさんざん美しいとか麗しいとか言われているのにこうして照れるのは、アルがやはりお気に入りキャラだからだろうか。

言葉が返せずあわあわしているクロードに笑いかけ、「ほら、屋台に行くんだろ」とアルは軽く背を叩いてきた。そのやり取りが前世の学校時代を思い起こさせ懐かしくなる。何しろ学院では女性装なので、こんな普通の男子の会話はしたことがないのだ。テンションが上がってきて、汁麵楽しみソングを即興で口ずさむと、アルは「クロードは歌を歌うのが好きだな」と楽しそうに笑った。

結果から言うと汁麵は驚くほどラーメンだった。具はエシャロットのみじん切りだけだが、麵がもちもち中華麵でスープは濃厚鶏ガラ塩スープだ。大変に美味い。聞けば去年の光の乙女にもたらされた料理だという。

「光の乙女の料理法なのになんで貴族には知られてないんだ……！」

「そりゃあ、汁が跳ねるわすするる音がするわで貴族に広まる要素がないからな」

ぽつりとこぼしたクロードの言葉に、アルが大変納得の答えをくれる。たしかに前世の記憶が戻る前の自分だったら、ラーメンはあり得ない食べものだった。ためしに屋敷のゴージャスヨーロピアンな食堂でラーメンをすする晩餐を思い浮かべ、クロードは「うん、ないな」と静かに却下した。

「クロードは普段、どんなことをしてるんだ？」

え、と一瞬たじろぐも、クロードは近況をぼかしにぼかして告げた。

「友達と、ごはん食べたりしてる、かな」

「ふうん。その友達とは、どんな話をするんだ？」

「えと……なんかあんまり内容のない話してる、かも？　あ、好きな子のタイプとか？」

兎を捕まえる話やラウルの健康増進ミッションについての話なんかしたら明らかにクロディーヌと繋がってしまうから、年頃男子のよくある話題について提供してみる。「タイプ」という言葉に引っかかったらしいアルがまた首を傾げているので「どんな人が好きか」と言い換えた。

「クロードは？　どんな人が好みなんだ？　恋をするうえで」

「こ、恋する前提で?!　うーん……そうだな」

リア充陽キャもキャラ立ち陰キャも苦手なのは前世からずっと変わらない。アルのように堅実で丁寧で、相対していて気負わなくて済む相手が、友人でも恋人でも一番いい。

「やっぱ気楽な人がいいかな？　恋してるだけでドキドキすんのに、そのうえ気を遣わないとならないってのは疲れそう」

「気楽……」

何か悪いことを言ったろうか。アルが絶望に満ちた顔になった。

「……ああ言えばこう言う、みたいな、そういう？」

「それはどっちかっていうと悪友じゃないか？」

好き放題突っ込みが入れられるという意味で、ラウルなんかはたしかに気楽な相手だが、恋する気にはならない。そんなことを人物名を濁して教えると、死にかけの顔をしていたアルは息を吹き返した。

「俺も一応同世代の友人になるか？　一緒にいて気楽か？」

「ああ、すごい気楽」

こうして話していると王族という感じがまったくしない、とこれは胸の内に納めて答える。嬉しそうな顔になったアルを見るに、よほどクロードと仲良くしたいらしい。これは、自分としても嬉しい。

何しろ前世からの推しキャラ、そして尊敬する王子である。

「ア……エリックは、一緒にいて楽しいし、それに俺が変なこと言ったとき首傾げるのかわいい」

「かわいい」

真顔で復唱されてしまった。嫌だったかな、と思うが、よくよく見れば真顔というよりも「かわいい」を噛みしめているような照れ顔であることがわかる。

まあ男子だしね、かわいいって言われたら照れるよね、と思いかけて、前世と現実では「かわいい」の用途が違うことに今更ながらに気がついた。

こちらでは――「私のかわいい人」のように、恋仲にある人々が交わす言葉なのだ。

「あっ、あっ、いやえーとその……っあ、そういやさ、エリックと会った時、近くの屋敷で舞踏会してたろ？」

「あ……ああ」

否定するのもなんだしとにかく別の話題を、と口にしたのは、自称エリックとの出会いだった。アルも照れ顔を引っ込め相槌を打ってくる。

「あそこ、深淵の騎士にやられたらしいな、ちょうどあの日、に……。…………あ」

そこまで口にしたところでクロードは言葉を止めた。自分が何を言っているのか、何に言及してしまったのか気がついたのだ。

アルと会った日、深淵の騎士があの屋敷で盗みを行った。アルはクロードに会う直前、顔から何かを剝ぎ取っていた。アルを追いかけていた男たちは『覆面男』を追っていた。さらにアルは王子で、為政者側で、アルの叔父、王弟のひとりアルマンは納税局の局長だ。

自分がいつぞやマリウスに放言するなと咎められた、「納税局が証拠不十分で立件できない脱税を義賊のふりして証拠盗んで検挙してるんじゃない？」説がまさに当たっているのではないだろうか。

言葉を止めアルを見つめるクロードに、どうやら義賊をやっているらしき王子様は、少し口角を上げた口元に人差し指をそっと立てた。内緒、というその仕草は妙に男の色気たっぷりで、クロードの胸がざわりとときめく。

――か……かっこよさが、半端ないな……！　これは、これは、これはスチルが欲しいところ……！

乙女ゲーマー回路がぎゅんぎゅん反応してしまうのが辛い。さらに、この世界で生まれ育ったクロード自身には同性間の恋愛に禁忌はないわけで、このきゅん回路が働くとまるでキャラとしてのアルではなく、生身のアルにときめいているような錯覚を抱いてしまう。

目を閉じてすーはー深呼吸するクロードに、アルは笑い含みに、次回食べたい庶民フードについての話題を振ってきたのだった。

その後、雑談をして少し夜の街歩きをし、最後にアルは貴族街と庶民街を隔てる大通りまでクロードを送ってくれた。おかげでちょっと歩くだけで、自宅へ続く道への曲がり角に待機していたオーバンと無事合流することができた。

「アルベリク様との逢瀬は楽しかったですか？」

「ああ、汁麵が美味だったし楽しかった。……逢瀬って言うな」

「言うなとおっしゃられましても逢瀬ですからねえ……」

オーバンの口を塞ぎたくなりながら、クロードはこっそりと自邸へと戻った。

欠かさずラウルの屋敷へ日参し、五日目にようやく兎見物に連れ出すことができた。ちなみにペットにするための兎捕獲はラウルの「うさぎ美味しいよね」の一言でなしになった。運良く捕まえられたとして、メインディッシュを見るような目つきで兎を見られたくない。

アルとは結局毎日顔を合わせる日々となっていた。クロディーヌとして昼間、数日に一度は夜。特に自称エリックのアルとは下らない話もたくさんするわけで、クロード側からするともう親友の域まででいっている。

――まあ、アルからしたらクロディーヌとクロードは別人だけど。でもクロディーヌさんの方だけでもかなり親しくはなってるんだよな。

これならアリスに興味を持つようにうまく誘導できそうだ。女装解除への道は明るい、なんて考えながら日々を過ごすうち、もう明日からは学院が始まるというところまできた。

十日とちょっとの外歩きだったが、朝起きて日に当たり食事もきちんととるようになったラウルは順調に健康体となっている。廊下で息切れしてアリスと遭遇する確率はほぼなくなったはずだ。

「明日からは新学期ですけれど、もう学院で息切れしてみっともない姿を晒すこともないでしょう」

「息切れはしないと思うけど、寝坊はしそうだなあ。クロディーヌ、起こしに来てくれない？」

noodle

「来てもいいですけれど、頭から水を掛けてもよろしくて？」

「それって僕が水も滴るいい男ってこと？　クロディーヌの褒め言葉は回りくどいなあ」

「ほ、褒めてませんわ！」

悪い笑みで意地悪を言う令嬢を演じたのにラウルはまったく堪えてくれない。ぐぬぬ、と歯噛みするクロードの斜め前方、丸テーブルの右手に座るアルはキンキンに冷えた空気を醸し出している。

「クロディーヌ嬢が手ずから水を掛けに来るまでもありません。私がとどめを刺しに来ます」

「永眠させられると学院に行けないなあ」

相変わらず意にも介さない笑いを浮かべてラウルが突っ込む。このきつい従兄弟漫才にもせっかく慣れてきたのに、学院が始まったらさすがにこうも頻繁に三人だけで集まることはなくなると思うとちょっと寂しい。

「クロディーヌは僕に水を掛ける気満々だから、アルベリクは一緒に来てそれを止めてほしいかな」

「まったく何を言って……。は？　クロディーヌ嬢と？　一緒に？　………ご迷惑では？」

スルーしかけていたラウルの言葉に、ハッとしたように向き直り、アルが問うてきた。

「迷惑なんてことはございませんわ。でも、そうするとわたくしが王宮にアルをお迎えに上がってからこちらへ寄るようになるのでしょうか。朝早くからそちらを訪ねるお許しが出るかどうか……」

「そんな。もちろん私がクロディーヌ嬢を迎えに行くのですよ。お支度のできる時間を教えていただければその通りお伺いします」

「それではアルがとても早起きすることになってしまいますわ」

「問題ありません。迎えに参ります」

アルがぐいぐい押してくる。あまりに固辞するのも不敬なのはどこの世界でも同じだ。クロードは根負けした。

「では……朝の一つと半までには支度を終えますわ。それならばお迎えにいらしていただいた後に公爵邸を回っても学院には間に合いますので」

「はい。ではその時間に。もしも私たちがここに着いてもラウルが寝ていたら水を掛けましょう」

午前七時半に迎えに来い、なんて言われたのに、それはそれは楽しそうにアルは頷いた。とどめを刺さなくてよろしいのですか、とクロードはくすくすと笑った。

しばしラウルを茶化しながら明日の予定を決めて、ちょっとげんなりした顔のラウルに「ではまた明日」と挨拶してクロードたちは公爵邸を辞した。

すでに馴染んだアルの馬車に乗り、クロードはほっと一息をついた。

「明日から新学期ですし、こうしてアルとふたりで馬車に乗るのは今日で最後と思っていましたけれど、明日の朝もご一緒できますね。御迷惑おかけいたしますがよろしくお願いいたします」

「ええ、私も今日で終わりと思っていましたから――ラウルのわがままに感謝しないとならないかもしれませんね」

夜会う時には砕けた男言葉で語り合っているのに、今は互いに丁寧に言葉を紡ぐ。このギャップが面白くて、早く終わりにしたいと思いつつも女装生活は苦にならない。なんて考えていると、アルが妙にじっくりとこちらを見つめていることに気がついた。

「……どうかなさいましたか？」

「いいえ。クロディーヌ嬢は……まだ子供の頃に私たちがお会いしたことがあるのを覚えてらっしゃいますか？」

「子供の頃……」

一体いつのことだろうか。クロードの父は法務に携わる役職を与えられており、王宮にもちょくちょく顔を出すが、子連れで職場に行かないのは前世と変わりない。王族が出席するようなパーティーもデビュタントを終えていなくては同行されない。すぐには心当たりが浮かばずゆっくり首を傾げたクロードに、アルは特に気分を害した様子もなく笑いかけてきた。

「もう十年ほど前になると思いますが、光の乙女の業績展覧会があったでしょう。その時、コーヒーサイフォンを見たあなたが、『お風呂のお湯もこうして二階に引けたらよいのに』とおっしゃったんですよ」

「うえっ?!　いえあの、えっ。あの時の……あっ、あ、たしかにそういえばアルでしたね?!」

「あの時は私はお忍びでしたから、印象は薄くても仕方がないですね」

「印象、薄くないですわ！　あの時、わたくしの意見を戯言とせずに素材は何を使うのかなど尋ねてくださったのは同い年くらいの少年だけでした。後々あれがアルだったことは母から聞きましたのに、咄嗟に思い出せませんでしたわ。申し訳ございません」

「謝らないでください。——そんな大きな管をガラスで作るのは困難だと言った私に、あなたは即座に自領の木材で作るのだと反応しましたよね。木は水で膨らむから隙間ができないのでうってつけだとか、自領の木材はまっすぐで質が良いとか」

「そ、そんなお話も、しましたわね……」

そうだ。祖母が間違って送ってきた女児服を着ていった展覧会で、沸かした湯を二階に上げられれば自室で風呂に入れる、と思いついて口に出したのだ。

――ほんとに俺、クロディーヌ姿でしかアルに会ってないな……！

まさか十年も前に会ったときもクロディーヌちゃんだったとは。この分なら絶対に、夜のクロードがクロディーヌと同一人物とはわかるまい。しかし一体またなぜアルはそんな話を始めたのだろう。

表面は微笑みながらも、内心で首を傾げるクロードの前、アルは柔らかい笑みを浮かべたまま――流れるような動作で馬車の床に片膝をついた。

夕焼けの光の中、秀麗なアルの瞳がこちらを見上げてくる。

なぜ、王子様が自分の前に跪(ひざまず)いているのだろう。思いもかけないことに停止してしまったクロードの右手を、アルは恭しく持ち上げた。

「クロディーヌ嬢。あの時のあなたの発想力や説明する言葉の力強さ、自領の産業を正しく把握している賢さ。すべて私にとって感嘆に値するものでした。ずっと、ちゃんとお会いして、もっとお話ししたかったと……そうお伝えしたくて」

どこか甘く聞こえる囁(ささや)き声。アルは、捧げ持ったクロードの手の甲にそっと自身の額を押し当てた。

挨拶としての手の甲へのキスとは違う、尊敬の念を表す行為に言葉も出ない。

とにかく、何か一言でも返さねばと、浅く呼吸をしてどうにか空気を確保して恐縮の言葉を絞り出すも、実は上の空だ。なぜなら胸の中は、

――アルがかっこいいんだけど?!　かっこよすぎなんだけど?!　なぜこの世界にはスチルがないんだ……？

などという乙女ゲーマー思考マックスの叫びでいっぱいだからである。きゅん死する、とはまさに

このことではなかろうか。どう考えてもスチル化待ったなしイベントだ。

萌え上がった心を整理しきれないうち、馬車は侯爵家へと着いてしまった。クロードを萌えと困惑の渦に突き落としておきながら、澄ました顔で窓から手を振るアルを見送り、クロードは夕焼けの空を遠い目で眺める。

——あんなことサラッとしてくる王子ヤバい……かっこよすぎるヤバい……アリスちゃん一日で陥落するだろこんなん……いや、いやいや、そんなに簡単に娘をやれるか！

アルは超おすすめ優良キャラだし、自分自身とってもとってもお気に入り、なのは確かなのだけれど。あまりにも早く愛娘アリスが攻略されそうな危険な魅力に、クロードは頑固おやじのようなことを考えてしまったのだった。

※※※

なんというか、やらかしてしまった、のではないだろうか。

アルベリクはひとり馬車の中で、静かに頭を抱える。自身の言動を客観的に顧み、あの唐突な表敬行動はどう考えても相手を怖がらせるものだったのでは、とひとしきり悩む。

——まあ、クロディーヌ嬢はまったく怖じていなかったけれど。

反省しつつ思い出すに、びっくりはしていたが嫌がる気配も呆れる気配もなかった。クロディーヌの姿をしていてもやはり中身はクロードなのだ。さすがに肝が太い。

とはいえ、あの出会いのあとのアルベリクの行動まで語ったらさすがに距離を置かれることになっただろう。馬車が侯爵家へ着いてくれて本当に助かった。

　あの、展覧会での問答のあと。聡明で面白い少女ともっと話をしてみたくて、アルベリクは侍従を撒いて彼女を探したのだ。大した時間もかからぬうち、建物の裏手の窓から、近侍の青年と共に停車場に停めた馬車へ向かう女児クロディーヌを発見した。

　具合でも悪くなったのだろうかと心配し、表玄関を回って停車場へと向かったアルベリクが見たのは——女児服ではなく男児の衣装を纏った、とんでもなくかわいらしく麗しい少年だった。

　胸が、高鳴るのを感じた。

　クロディーヌだった少年は、近侍の青年の腕に両手で掴まりながら、「女の子の服歩きにくかった」「着替えを持ってきてくれてありがとう」と甘えかかり、満面の笑みで礼を言っていた。

　比喩でなく、嫉妬というもので胸が焦げるかと思った。あの近侍の青年は今もクロードのそばにいる彼だ、と思うとじりじりした熱は止みはしない。

　アルベリクは齢九歳にして初恋の昂揚と嫉妬の痛みを知ったわけだ。

　その後は、クロードの家庭教師と繋がりのある者を雇いクロードの学習進度を探ったり、趣味について報告させたりした。聞けば聞くほど思いは募ったが、それは偶像化してしまったせいで、ちょっとばかり自分の気持ちは過剰なのではと思わないこともなかった。

　しかし貴族学院で会えるようになると——話しかけることもできずただ眺める日々ではあったけれど——クロードはやはり面白くて美しくて、恋しても仕方がない相手であることが再確認できた。

「愛の告白、とは……受け取られていないのだろうな」

　だからこそ嫌がられずに済んだともいえよう。だが、積年の想いを告白でき自身の心は少しすっきりした。明日からは学院へ行くので、ふたりきりであんな話をする機会はそうそう持てそうにない。

それに、そろそろ資金移動などの動きを見せるのではないかと思っていた泥魚が静けさを保っていることがやや不気味で、そちらにも注意を向けないとならないのだ。

――まあ、最後の学生生活でもあるのだから、難しいところはヴィクトール叔父上に丸投げしても許されるだろうが。

王族の中で唯一局庁勤めをしていないため、図書館司書の職を下に見られたりしているが、ヴィクトールは集団から外れた広い視野で物事を見ることができる。特に情報収集と分析能力は抜きん出ているのだ。アルベリクが順当に王位を継承した暁にはぜひ右腕となってほしいと思っている。

ただ、春の庭のようなふわふわとした風情でいながら三日三晩寝ずに資料を読み込んだりもするので、身体にはくれぐれも気を使ってほしい。彼の生活を律してくれるよい伴侶が見つかればいいのだけれど、とアルベリクは馬車の窓から沈む夕焼けが燃やす空を眺めた。

6

新学期の始まり。それは前世においてドキドキイベントのひとつ。

だがこの世界にクラス替えはないので残念ながらドキドキなイベントにはならない。

とはいってもクロードにとってはアリス登場という最大のイベントが発生するわけで、また『アリスとアルをくっつけちゃうぞ計画』発動の時でもある。

アルルートイベントは、「教科書買えなかった事件」「クロディーヌ様によるお昼ひとりなんて寂しいですわ事件」「クロディーヌ様によるアリスちゃんに紅茶ぶっかけ事件」「ドキッ！　教室にふたりきり事件」の四つである。最重要な「舞踏会で人質事件」は全キャラ共通のメインイベントで、ここまでに攻略キャラとの親密度を上げておかないとならない。

アリスとアルの本来の出会いイベントは新学期翌日の朝。

もう少しこれを早められたらいいんだけどなあ、なんて悩みつつ、アルの馬車に迎えられ、ついでのようにラウルをピックアップし、クロードたちは久々に学院へとやってきた、のだ、けれど。

――これは、大変、目立つのでは？

真っ青な空を仰ぎクロードは遠い目になった。

馬車を降り、学院の門をくぐった辺りで気がついたのだ。真ん中に自分。左にラウル。右にアルを従えている姿は、まるで女王様のようではないか、と。少なくとも身分的にはアル、ラウル、自分の順で縦に並ぶか、横並びなら真ん中にアルが来るべきだと思うのだが。

「おふたりと一緒ですと、大変目立っている気分になりますわ……」

「私たちと一緒でなくとも、クロディーヌ嬢はいつでもその美しさで人目を惹いてらっしゃいますよ」

アルが、悪気も皮肉も一切ない顔でにっこり微笑む。たぶん、前世の記憶が戻る前のクロードならば「たしかにわたくしの美貌では仕方がないことですわね」なんて相槌を打っていた気がするのだが、いまや恥ずかしいばかりだ。

だが恥ずかしがってばかりもいられない。前世の感覚でいうと十数メートル先を歩いているのはアリスだ。

後ろ姿だけでもわかる、強烈な美少女ヒロイン感。蜂蜜色の金髪が緩やかにうねり、背中の中ほどまでを覆っている。ワンピースはミントグリーンのスカートを白いシフォンレースが覆っている流行のデザインだ。あの透け感がかわいいんだよね～なんて内心で頷くクロディーヌも、もちろん何着か持っている。まあとにもかくにも目立つから、周囲の学生たち男女問わず、追い抜きざまにアリスの顔をちらちらと窺っては目を瞠っている。

──そうだろそうだろ。俺の娘、超かわいい。超美人ちゃん。

なぜか自分の方が誇らしくなってくる。親バカもいいところだ。

だがそんな目立つアリスを、ラウルが見逃すわけもなく。

「あれはもしかして、デュボワ男爵の令嬢じゃないか？　たしかアリスといったかな。素晴らしい髪をしているなあ。声を掛けてこよう」

「女性に関するあなたの情報網、どうなっているんですの？　……っちょっ、ラウル」

わくわく気分を隠さない声音のラウルに突っ込んでいる途中なのに、お気楽チャラ男はクロードの言葉などものともせずに小走りでアリスを追いかけだしてしまった。

病弱だったはずなのに、その足取りは軽く羽のようだ。

──裏目……完全なる裏目……！

健康にしてやればアリスと廊下で出会うイベントを回避できるだろうと思ったのに、なんと朝っぱらからラウルと出会わせる羽目になってしまった。

そもそもゲームのラウルは遅刻して、登校時にはアリスと会っていない。今回、クロードたちがラウルを迎えに行って遅刻回避したせいでこうなってしまったのだとしたら、裏目に次ぐ裏目である。

あああ、と嘆きながらラウルを追いかけるクロードを、アルも追いかけてくる。

もう仕方ない。ラウルとアリスが会ってしまうのは不可避として、ならばアルも一緒に出会いイベントを済ませてしまおう。本来は明朝が出会いイベントだが前倒しだ。

「君、美しい髪をしているね」

あと数歩というところで聞こえてきたラウルの声に胃が痛くなる。スケベ親父声ならアリスも警戒するだろうが、悲しいかなラウルはイケボなのだ。アルよりラウルの印象が強くなっては困る。

「ラウル、初対面の令嬢に失礼ですわ。公爵家令息とは名ばかりの不埒者にしか見えません」

クロードは強めに諌める言葉をかけた。悪役とまではいかずとも、怖い美人、とでもアリスに思われれば好感度は上がらずに済むだろう――と思ったのに。

「怒ってるのクロディーヌ？　ごめんね、君、彼女は僕が他の女性を褒めているから妬いているだけで、怖い人ではないんだよ」

「ちょっ……な、妬いてなんかいませんわよ⁈」

本当に、ほんっとうに、このチャラ男はどうしてくれようか。ちょい悪令嬢を目指すクロードの心をポキポキ折りまくってくる。そんなクロードの隣からは絶対零度の冷気が噴き出している。ちらりと横目でアルを見上げれば、空恐ろしいほど美しい微笑みを浮かべる氷の王子様再びだ。

「我が従兄弟が申し訳ありません、アリス・ド・デュボワ嬢。私はアルベリク、こちらの令嬢はクロディーヌ嬢。この不埒者ラウルとはまったく、一切、なんの関係もない令嬢です。――許しがたき愚かな不埒者には然るべき処刑を行いますのでご寛恕(かんじょ)願いたいものです」

「え、僕、処罰通り越して処刑なの？」

いつもながらの漫才についクロードは肩を震わせる。

しかしこの流れ、初対面のアリスには酷なのではないだろうか。心配して目をやるも、アリスは「お気になさらないでください」と落ち着いた笑みを見せている。

――ゲームと違う……なんかこのアリス、はわはわしていない……！

姿かたちは同じだが、ゲームのアリスよりも美少女感というか令嬢感がアップしている。

すごい、麗しい、俺の娘すごすぎない？　などとすっかり親気分で思わずまじまじ眺めてしまう。

それにしても見れば見るほど美少女だ。豪奢な金髪にピンクの頬、夏の空のように濃く澄んだ青の瞳。自分の姿を見慣れたクロードなので、俺の娘めっちゃ美人、なんて乙女ゲーマー目線を保てるけれど、アリスの容貌に目が釘付けのまま歩いていって人にぶつかる学生がいるほどだ。

アルも目を奪われているのでは、と視線を再び移すと、なぜか真顔でクロードを見下ろしているアルの視線とぶつかった。アリスのかわいさににこにこしているところを見られてしまったのだろうか。たぶんゲームオタク的笑顔になっていたと思うのでちょっと恥ずかしい。誤魔化しの微笑みを浮かべるクロードに、眼差しを和らげたアルは肘を差し出してきた。

――うっ……ここでエスコートされちゃうのはまずいのでは……?!

仲の良さを見せつけるようなものだ。アリスがクロディーヌ様に遠慮してアルを恋愛対象から外してしまうかもしれない。かといって王子様のエスコートを断るのもさすがに無理だ。

一瞬の苦慮の末、クロードはアルとラウルの腕に手をかけた。

「アリス様、主教室でまたお会いしましょう。失礼いたしますわ」

置いてきぼりになるアリスへと一声掛け、二人の腕をぐいぐい引っ張り先へと歩きだす。令嬢としてははしたないとは思うものの角が立たずにエスコートを回避するにはこの離脱方法しかなかった。

アルが気を悪くしていないといいが、とある程度進んでから様子を窺うと、苦笑の王子は「こんなものにいつまでも触れていてはいけません」と普段通りの口を利いて、クロードの手をラウルから離させた。

クロードたちは法学経済系、ラウルは文学歴史系のため、座席のある主教室は別となる。廊下の途中で別れ、アルと共に主教室に入るなり、肌がピリピリするような値踏みの視線が飛んできた。学生のうちにアルと顔繋ぎしておくことで、就職先で発言力を高めようと考えている人間からの視線だ。

春休み前のクロードはアルとまったく接点がなかった。

——それが、今や一緒に登校だもんなあ。

そりゃあピリピリしますよね、と納得しつつ、ちょっといい気分にもなる。政治的な意味でお近づきになろうとは思わなかったけれど、発表されるアルの論文や視点はとても尊敬していたからだ。

とはいえ、マジものののスクールカースト、その最上位クラスに自分がいきなり属することになってしまった事実にちょっと遠い目にもなる。

「クロディーヌ様、ごきげんよう。お久しぶりですわ」

「皆様お久しぶり。良い休暇でしたかしら」

教室に入ると自然とアルもクロードも以前からの友人に声を掛けられた。軽く挨拶をして別れ、それぞれの友人たちとまとまることになる。

女性装の効果もあってクロードの友人は女性が多い。最も仲が良い三人としばし休暇中にしたお茶会の思い出など話すうち、案の定、朝の登校について話題が移った。

「アルベリク様とご登校なさっているのを拝見しましたけれど、いったいどうなさったんですの？」

「アルベリク様がクロディーヌ様の手を取って馬車から降ろして差し上げているところを目撃してしまい、わたくし、わたくし……」

「ローラ様はお口を閉じて」

「あ、申し訳ございませんわ、わたくしちょっと興奮して……っ」

以前から思っていたことだが、クロードと入学以来親しくしている三人の令嬢はなんとも不思議な空気感を纏っている。アルの話を頻繁に出すわりに自分たちがお近づきになりたいというわけでもなく、かといってクロードが実は男性であることを見越して侯爵夫人になりたいと画策しているわけでもない。なんというかそう、邪念を感じないのである。

何年も友人関係を続けているというのに一体何を考えているのかわからなくて、姿を真似ても女性を真実理解することはできないのだなとクロードはずっと思っていた。だが、前世の記憶を思い出したおかげでクロードは彼女たちへの理解に至った。

——それは、『萌え』の概念……！

自身が関わらずともかっこいいアルを見ればときめき、嫁ぎたいなどという気持ちとはまったく別に女装男子を愛でる気持ち。たとえ光の乙女とてこの概念をこちらの世界に伝えることはできない。そう考えると独力で『萌え』を獲得した彼女たちは素晴らしい。推しキャラがアルというあたりも非常に話が合いそうだ。

「実は春休み中に図書館を訪れた際、わたくしお恥ずかしいことに渡り廊下で転んでしまいましたの。それを抱き起こしてくださったのがアルベリク様で」

そこで言葉を切ると、友人たちは両手で顔を覆い「素晴らしい……素晴らしいですわ……」と感極まった声を漏らしている。

――わかるー。推しがかっこいいと涙腺にくるよね～。

うんうん頷きながら、クロードはさらに彼女たちを喜ばせてやろうと、春休み中にラウルの屋敷で毎日のように会ったこと、兎を追いかけるアルのちょっとかわいいところ、馬車で向かい合って話すときの声のしっとりとした色気などを語ってやった。興奮しやすいローラ嬢はとうとう「尊いですわ……」などという日本のオタクの使用語彙に辿り着いていた。侮れない。

そんなこんなで、いつになく友人の令嬢たちときゃっきゃしたあとは、講義の予定表提出と教科書販売があって今日は終了だ。

講義予定表は前世の大学とほぼ同じシステムで、受講したい講義を選ぶものだ。このあたりは特に悩むことなく都合の良い日時を選んで決めて提出すればいい。……と思っていたら、なんとアルがやってきて、同じ講義はできるだけ一緒の日に取りましょう、と提案してきた。卒業年次生の講義は高度なものが多いので、一回の受講人数が少なめに設定されているのだ。むろん受けたい者全員が受講できるよう、同じ講義を日を分けて何度も行うわけだが、アルが言うのは例えば「A先生の講義は三と五の日にあるけれど、三の日に取るか五の日に取るか相談しましょう」ということである。

――俺達仲良しさんか。

ふふっと笑うクロードにアルがにっこり微笑みを返すのを見て、周囲の令嬢たちはまた顔を覆って「尊い」と言い始めた。

ちなみにゲーム同様、同じコースとなったアリスはとにかく美少女オーラで目立っていたが、一、三人の令嬢に声を掛けられ少し話をしている以外はひとりでいるままだった。

——ぼっちかわいそう、本当は俺が話しかけてあげたい……！　けど、俺とアリスの間に恋愛フラグ立てるわけにはいかないから……。

この、同性でも結婚できる世界では、たとえ女性と思われていようとあまりやさしくしない方がよい。もしもアリスに恋されたら大変に困る。よくよく考えればえらく自信過剰だが、転ばぬ先の杖というのは大事だ。

とりあえず今日のところはアリスに悪い虫がつかないよう目を光らせるしかできないが——アルに「アリスちゃんにも声を掛けて」と遠回しにお願いしたもののやんわりした笑顔でスルーされた——明日は教科書イベントがある。うまくアレンジしてアルとアリスを急接近させたいものだ。

帰りの馬車にアルとラウルと同乗しながら、クロードは心の中でガッツの拳を握った。


前世では教科書の購入は学生本人がしていたけれど、ここは貴族学院なので当然購入は従者の仕事となる。クロードも、受講予定表を作り学生課の承認印を得たあとの購入はオーバンに任せた。クロードはアルと登校したので、わざわざオーバンは教科書購入のために学院まで来てくれていたのだ。

「ふー」

自室の長椅子に腰を下ろし、大きくため息をついたところへ、お茶の用意をしたオーバンがやってきた。特に相談もなかったので、クロード自身の教科書は問題なく買えたのだろうが、アリスはどうだったのか知りたい。

ゲームでは、アリスは一冊教科書を買い逃し、それをクロディーヌに笑われるのだ。「教科書の買い方も知りませんの？」という嫌味なセリフなのだが、これはクロディーヌルートをプレイすると実は「一緒にわたくしの教科書を見ましょう」という誘いの前振りだったことがわかる。

——小学生男子かよゲームの俺！

自分のことではないのに反省しきりだ。

ちなみにアルルートの場合は嫌味クロディーヌを窘めたアルが「図書館の蔵書に教科書がありますよ」とアリスに教えてくれる。その流れで図書館を訪れるとアリスはヴィクトールと出会い、攻略キャラ全員と顔合わせが終了するのだ。

しかしアルルートを強固なものとするためには、アルにもっと踏み込んでアリスを助けてほしいし、情報不足なヴィク様にも会わせたくない。どうしたものだろうか。

「なあオーバン、新しく入学されたアリス嬢の従者は、教科書をちゃんと購入できたかな？　お前は目端が利くから何か情報がないか」

「そうですね。ソーレ先生の御本の部数が足りなかったとかで、購入できなかった方が何名かいらしたようですね。慌てる中に見かけたことのない従者が含まれていましたので、このたび叙爵されたデュボワ男爵の御令嬢が入手できていない可能性があります」

「なるほど……」

前世の大学と同じように、先生方は教科書に自分の出版した本を使う人が多数いる。在庫処分も兼ねているのだろうが、講義対象者の数くらいは確保しておいてほしいものだ。

「ソーレ先生の専門は治水と経済の発展についてだったろう。うちに献本してくださった中に同じ本がないかな」

「調べてまいります」

打てば響く素早さでオーバンは、書庫から件の本を携え戻ってきた。

「教科書と、版も同じものでございました。デュボワ男爵令嬢がお気になるようでしたら、明日は二冊お持ちになりますか？」

アリスに渡したいと思っていたのを正確に読み取ってオーバンが提案してくる。

「そうだな、たとえ伝手があっても講義が明日ではアリス嬢が入手できていない可能性は高いし。持っていこうかな」

教科書を人数分用意していない教師がまず悪いのだが、長年貴族をやっていると付き合いのある家から教科書を回してもらうことができる。そういった繋がりを持たないこと自体を傷とされるのが貴族社会だ。

――正直、ゲームみたいにアリスに嫌味は言いたくないんだよなあ。言った方がいいのかなあ。

クロードの手元には二冊の教科書がある。このうちの一冊をアルに預け、アルからの贈り物としてアリスに渡してもらえば、別にクロードが嫌がらせをする必要はない気がする。

「でも、危機を救ってくれた感が恋する心に火をつけるということもあるしな……」

「クロード様の恋する心に火をつける……?!」

「あっいやっ俺のじゃなくて一般的な？　きっかけ的な？」

クロードのあわあわした喋り方に胡乱(うろん)な目を向けてきたオーバンだったが、深呼吸ひとつで普段通りの顔になり「明日もアルベリク様と一緒に登校なさるのでしょう」とてきぱき動きだした。

ついでに今日の夜、街に着ていくものについても支度をしてもらう。学院が始まったせいもあり、エリックとは今まで より会う頻度を落とし、一と五の日に会うこととなったのだ。本日は庶民フード『ミートソースパスタ』を食べに行く予定だ。汚しても目立たないように色物シャツの準備をお願いし、クロードはお茶を飲んだ。

7

「おはようございます。兄上、昨日はずいぶんと早く学院へ出かけたようですけれど」

朝、屋敷の食堂に入ると昨日はいなかったマリウスがいた。普段学院に行くより一刻以上近く早い時間なのにどうしたのだろうか。

「ラウルが寝坊しないように、アルと俺で起こしに行ってから学院に向かったからな。今日もアルが迎えに来てからラウルのところまで行くんだ」

「アルベリク様とだけではなく、ラウル様も一緒なのですか？」

「だってラウルが言いだしたことだし。アルは早起きしないとならなくて、とんだとばっちりってやつだ」

「とばっちりとは思ってらっしゃらないと思いますが……」

いつもハキハキしている弟が、何やらもそもそと口の中で呟いているのは珍しい。それより、そうだ、と思い当たってクロードは卵料理に手を付ける前にマリウスに命じた。

「マリウス、俺と同学年にデュボワ男爵令嬢が入ったのは知っているだろう」

「はい、目立つ容姿の方ですよね。叙爵式の際の警護で拝見いたしました。――はっ……まさか兄上、彼女の美しさに対抗するつもりでは」

「『はっ……』じゃない。お前は俺をどんな人間だと思ってるんだ。そうではなく、マリウスはアルと会うためにこちらの教室に来ることもあるだろうから先に言っておく。アリス嬢の前では俺のことは『兄上』ではなく『姉上』と呼ぶように」

「…………」

是とも非とも返事をせず、マリウスは眉尻と口角を下げたなんとも言えない表情になった。

「一体どういう事情かお聞かせ願います兄上」

「だって男の俺は女性装の俺よりも美しいだろう。もし男とばれたら女性装以外も見てみたい、とか、男性装だったらどんなに素敵なのでしょう、とか、考えてしまうかもしれないじゃないか。こちらにその気がないのに美しすぎる俺に恋したら、アリス嬢がかわいそうだろう」

方便のつもりで口にしたのに、言葉は滔々(とうとう)と流れ、どう聞いてもクロードが本気で言っているようにしか聞こえなくなってしまった。突っ込んでマリウス、と願いをかけるも、神妙な顔で理由を聞いた弟は「かしこまりました、姉上、……はぁ」と、同意と嘆息を同時にした。どう考えても本気の言葉と受け取られている。辛い。

そういえば、アリスとマリウスの恋愛フラグもポキポキしておかなくてはならないのでは、と今更ながらにクロードは思い出した。実のところ、あのかっこよすぎるアルがアリスとお近づきになってくれさえすれば、他キャラのフラグなどわざわざへし折る必要などないとは思うのだが。

——だってラウル対アルもマリウス対アルも、どう考えたってアルの圧勝だろ。

自分が前世から引き続いてのアル推しだからという欲目ではないはずだ。

でもまあ一応、と食事の手を休めることなく、クロードはマリウスルートについて考える。

マリウスルートでは、『兄弟に対して思うところがあり、しかし悩んだところで兄を変えることはできず、かといって自分もそれを許容できない』……といった悩みをアリスに打ち明けるシーンがある。そんな悩みに対しアリスは慈母のごとき笑みで「お兄様の在り方があなたと相容れないものであっても、あなたはお兄様の影を気にせずにあなたらしくいればいいのよ」と手を握るのだ。

——自分らしく生きるなんて当たり前のことを諭されて落ちるとは、マリウスはほんと甘々ちゃんだな。

愛い奴、と笑おうとしてハッと気づく。マリウスの悩みの種である「兄」って、自分のことじゃない？　と。なんということだろう、申し訳ない気分でいっぱいだ。

ゲーム内のマリウスは何かというと兄についての悩みを口にしていた。それが女装する兄についての悩みだと発覚することで、隠しキャラクタークロディーヌのルートが解放されるのだが、まあともかくマリウスの悩みがアリスとのお近づきフラグであることは揺るがぬ事実だ。

マリウスの悩みを解消してやれば、アリスと接近することもあるまい。女装自体が悪いのではなく、俺の女装美しい、というスタンスに呆れられているわけだから、女装で美しくても強い兄、ならばもしや尊敬を取り戻せないだろうか。

——鍛錬好きな弟とは、マッチョ理論でわかりあ合えばいいのでは……?!

この世界に柔道は伝来していないようだし、勝機はそこにある気がする。

「マリウス、アルの迎えまでにちょっと時間があるから、お前の食後の鍛錬に付き合ってやる」

「え……冗談はやめてください。女性の恰好をしている人と戦闘訓練などできません」

「それは女性に対する差別的発言では」

「言い直します。スカートなんて動きにくいものを着ている人とは、男性であれ女性であれ訓練などできません」

「それは見事な騎士道精神だな。だがマリウスお前、賊が女の姿だったらどうするんだ？　手加減してやるのか」

「賊に手加減など……！　いや、けれど女性の姿だとしたら……」

「女と思って手加減したら返り討ち、なんてのはよくあることだ。だからこの俺が直々に、女性装でも油断するなということを教えてやる」

自信満々のクロードの言葉に、マリウスは折れた。

そんなわけで、ひとときの食休みの後ふたりは中庭のふかふか芝生の上で向き合うこととなった。

クロードは父と同じく基本的に内勤文官系なので、剣など使うとむしろケガをするからと、徒手(としゅ)での対戦を希望する。マリウスは非常に嫌そうな顔をしたが、兄の気の済むように訓練をしてさっさと負かそうと折り合いをつけたのか、帯剣ベルトを外して向き合った。


結果からいうとクロードの勝ちだった。基本的にこの世界の格闘は打撃に寄っているのがマリウスの敗因だったといってもよい。スカート姿の兄に本気の打撃ができないマリウスは、懐に入ってくるクロードを止められず、摑み合いからの投げ、転がったあとの締め技を極(き)められたのだ。前世でのクロードは体格に恵まれなかったため力業よりも相手の軸を狙ったり締め技を鍛えたりしてきたおかげだろう。

「どうだ？　結構スカートでもやれるだろ」

芝生の上に転がるマリウスにのしかかり、首に腕を巻き付けニヤニヤすると、マリウスは泣きそうな顔で「わかりました、わかりましたからどいてください」と懇願してくる。

うん、楽しい。

「スカートで油断させる作戦はなかなか有用だと思わないか？」

「わかりましたから……」

半泣きになっているマリウスが困ったようにこちらを睨む。自分の不甲斐なさに怒っているのか顔が赤い。ついついからかう気持ちが湧いてしまう。

「マリウス、やっぱりお前、俺が美しすぎて照れているのでは」

「てて照れてません！」

ふふふん、ともはや自身の美貌を持ちネタ化して揶揄の材料にするクロードを、マリウスは力業でひっくり返した。

「もう、本当に、兄上のそういうところどうにかしてくださいよ……っ」

いつも通りマリウスはぷりぷりしながらクロードを置いて邸に戻ってしまった。

「楽しすぎる……」

しかしからかいすぎたかもしれない。今度はこれがアリスへの悩み相談フラグになってしまったらどうしようなんて考えるも、まあコミュニケーション自体は取れていたとも思うから大丈夫だろう。

少し乱れた髪と服をオーバンに直してもらい、クロードは今日もアルの迎えで学校に向かった。

前世の大学では新学年になってから二週間ほど履修届を出すまでに余裕があったことを思うと、こちらはとにかくスピーディーだな、とアルとラウルと共に馬車に揺られながらクロードは思う。今日からもう本格的に講義が始まるのだ。しかも教科書販売の在庫が足りなかったソーレ先生の講義が一時限目ときている。

——アリスのイベント、うまくいきますように。

アリスが教科書を入手できていない前提で、クロードの持つ二冊のうち一冊をアルに預けてある。アルの手からアリスに渡してやってほしい、とラウルの屋敷に着く前にお願いしたのだ。

どうしてクロード自身が渡さないのかと問われたが、アルとアリスを接近させたい、なんて下世話な事情はさすがに明け透けにできない。かといって「アリスに恋されたくないからです」というのも色々どうかと思う。

「乙女の事情ですのでお聞きにならないでくださいませ」

仕方なく淑女の誤魔化し作法にのっとって微笑むと、アルは非常に真剣な面持ちで頷いてくれた。乙女の事情、便利だ。学院に到着したのは昨日とほぼ同時刻で、そのせいか登校してくる顔ぶれも似通っている。前方にはゴージャスな金髪を揺らす姿がある。

今日もアリスに走り寄ろうとするラウルの手綱を引くのはアルに任せ、クロードは周囲の声に耳を傾けた。大半はアリスとは関係ない雑談ばかりだが、爵位を持った庶民を腐す言葉を吐く者もいる。しかし好意的に見つめる目の方がよほど多いようだ。

——そうだろそうだろ、アリスは何しろ超美少女だからな。お嬢様だから立ち居振る舞いも美しいし、それだけじゃなく賢いし、俺が育てた最強ヒロインですし。

親気分が強すぎてとうとう自分で育てた気分になっているのがちょっとヤバい。とはいえアリスが根っからの貴族令嬢と比べて遜色ない女子なのは疑問の余地もないことだ。この素晴らしい愛娘アリスと、早くアルを引き合わせたいものだ。

「ラウルは一限目はどちらですの？」

「僕は二階だね。階段上がるの面倒くさいなあ……アルベリクとクロディーヌはソーレ先生の講義だっけ？　ふたりは前からわりと、講義がかぶってるよね」

廊下を歩きながらラウルがちらりとアルを見る。思い返せばたしかに以前から、アルとは同じ講義が多かった気がする。ほとんど言葉は交わさなかったけれど。

「きっと興味ある方向が同じなんですわね。今度水道管敷設についてお話ししたいです」

「いつでもいたしましょう。なんでしたら今日、お昼をご一緒しませんか」

水道関係を領の公共事業としてやりたいと考えているので、アルの意見を聞けるのは大歓迎だ。うんうん頷くクロードに、話を振ってやりたいと考えているので、アルの意見を聞けるのは大歓迎だ。

「もしかして購入の仕方がわからなかったのかしら？　それとも従者がいらっしゃらなくて、入手できませんでしたの？」

「あら、部数が足りなくて買えない方がいらしたのよ。おかわいそう。まあ、普通でしたら貴族同士の伝手で入手できるのですけれど……」

「デュボワ男爵には無理ですかしらね？　おかわいそうに」

コロコロ転がる鈴のようなかわいい声で白々しく同情を謳い上げる女子に、クロードは思わず「うわあ」という顔になってしまった。声に出してドン引かなかっただけマシだと思いたい。

なんと、ゲームにおけるクロディーヌの役割を、第三者である令嬢が行っていた。だがゲームのクロディーヌと違いアリスへの恋情が下敷きとなっていない分、声にはなんとも言えぬ棘がある。

――俺のアリスちゃんに何してくれてんだよもう。

こんなドア開けたくない、と思いつつも、愛娘アリスへの攻撃に苛立って、クロードはやや乱暴にドアを開けた。入ってすぐのところにいた令嬢たちが、一瞬びくりとして口を閉じた。

「ごきげんよう、皆様。外まで聞こえていましてよ。ソーレ先生の御本が購入できなかった方が何名かいらしたと伺いましたけれど、手に入れられる方ばかりではございませんでしょうに……あまりにいやらしく責めていらしたから、聞いていて少し恥ずかしくなりましたわ」

あまり強くアリスを庇うのは悪手だとドアを開ける前は考えていたのだが、ねちっこい物言いが腹に据えかねていたのも事実。ついついモンペのような嫌味返しをしてしまう。

「貴族の娘はお口から毒を吐くのが上手だなどと誤解されるのは迷惑なのですけれど」

以前鏡の前でポーズをとったように、顎を上げて見下す視線を令嬢たちに向ける。

――ああ、俺今すごく悪役令嬢っぽい。ぽい、のに、アリスにとっては正義の味方になっちゃってない？

アリスに好意持たれちゃダメなのに、と思いつつ、雑魚令嬢たちへの冷たい眼差しは止められない。

「そ、そんな、毒を吐くなど……」

「つ、伝手を辿れば入手できますわよ、と、教えて差し上げていただけですわ」

「で、ですわですわ」

どうにか言い訳を続ける令嬢たちに「あら、そのようには聞こえませんでしたけれど」と追い打ちをかけてしまうこの口をどうにかしたい。自分、マジモンペ、早くアル来て、と内心の焦りを見せないようにしつつ扉へ目を向けると。

「こんなところでどうしたのですか、クロディーヌ嬢」

完璧な笑顔のアルが、教室へと入ってきた。そこにたむろしていた面々が皆頭を下げるのを見てから、クロードは名を呼ばれた代表として挨拶を返す。

「ごきげんよう、アルベリク様」

アルでいいのに、というように、ちょっと咎める眼差しでクロードを見ながら、それでも周りに居並ぶ面々の前でそう親しげにするのもどうかと思ったのか、何も言わず、アルはアリスの前に立った。

「伝手がどうこう聞こえたのですが、ソーレ先生の教科書が手に入らなかったのですか？　アリス嬢」

「はい、お恥ずかしい話ですがその通りです。今、皆様に入手ができなかった際にどうすればよかったのかお教えいただいておりました」

優雅にスカートを広げ、アリスはアルに会釈した。

「それで、入手は可能なようですか？」

「そうでございますね、ともかく家に戻りましてから父に、ご懇意にしていただいている方々へ相談してもらえるようにお願いするつもりです。入手できるかはちょっと……わかりませんが」

「そうですか」

アリスの回答に頷き、アルは自身が持っているバッグから本を取り出した。ちらりとクロードの方を見て「本当にあなたからだと言わなくてもいいのか？」と目顔で確認してくるが、クロードはアルにだけわかるようにふるふると小さく頭を振った。

「アリス嬢、こちらは私が所有していたものです。所持しているのを忘れ、昨日も購入してしまったので、入手できない方がいらしたらお譲りしようと持ってきたのです。こちらをどうぞ」

「まあ……ありがとう存じます」

花が咲いたような笑顔を、アリスはアルに向けた。

——よし！　やった！　ミッションコンプリート！

ゲームではちょっとした出会い程度にしかなっていなかった教科書事件だが、きっちりアルとアリスの繋がりを作るイベントに昇格した。アルが図書館を勧めないから、アリスがヴィク様と出会うこともない。

とクロードが安堵したのも束の間。

「実は昨日、購入できなかったと従者に聞いた後に、学院の図書館の蔵書にないものかと訪れてみたのですが、目的をすっかり忘れて司書の方と話し込んでしまったのです」

ええぇ、とクロードは心中で叫ぶ。

——行動力！　アリスの行動力！

ゲームよりもアリスの行動力が高い。なんというかおろおろしているかわいこちゃんではない。そういえばさっき令嬢たちに責め立てられている時も、おどおどしたりはまったくしていなかった。もしかせずともこの世界のアリスのメンタルはかなり強いようだ。

「司書……もしやヴィクトール叔父でしょうか？　彼は春のような風情をしているのでついゆっくりしてしまい話が長くなるのです」

「ええ、とても素敵な方でした。お話を終えたあとはもう、教科書のことは忘れてしまっていたのです」

「それは、先に用件を聞かなかったヴィクトールが悪いですね」

「まあ、そんなことはございませんわ」

はははは、うふふ、といった風情の、アルとアリスのほのぼのとしたやり取りを見ているうち、誤算で落ち込んだ心は癒やされてきた。アリスが早々にヴィクトールと遭遇していたとは思惑が外れたが、まあ相手は司書、こちらは学生だ。これ以上接近することはないだろう、とクロードは高をくくる。

アリスに嫌味を垂れていた令嬢たちは、アルの出場によっていつのまにかすごすご引き下がっていた。クロードのねちねちはちょっとモンペ感が強かったかもしれないが、貴族令嬢心得を説いたものと思っていただけていたら幸いである。

アルが、他にも本の入手ができなかった者はいないか尋ねたところ、アリス以外の者は皆自力で手に入れていたらしい。しかし購入できなかった者たちをまとめて馬鹿にするような言葉を放っていた先ほどの女子たちは、新学期早々クラス内でちょっとしょんぼりした立場となってしまったようだ。

それよりも、アルと屈託なく話し、また本を下賜（かし）されたということで、アリスのクラス内での格はちょっと上がったと見受けられる。出る杭は打たれる、というのが前世での諺だけれども、目立つ者は嫉妬もされるが人気も出るのがこの世界だ。うまくすれば、アリスへの嫌がらせの一切はなくなるかもしれない。

よかったよかった、と仲人顔で微笑むクロードに、本を抱えたアリスはなぜか眼差しで礼をした。

――庇ったっていうには俺の態度ヤバかったはずなのに。

好意を持たれまい、とは今も思うのだけれど、それでもアリスに嫌われたり忌避されたりしなかったことが嬉しくて、クロードは控えめに微笑みを返した。

そんなハプニングがありつつも、ソーレ先生の授業もその次の授業もつつがなく終了した。午前の授業は二コマで終わりだ。

昼食をアルと一緒にする約束をしていたが、二限目は人数調整の関係から同じ講義が取れなかったため、食堂で待ち合わせをすることとなった。先に食堂に着いた方が席取りをしておく、という非常に学生らしい約束である。前世ならスマホで、食堂のどの辺りにいるか友人にメッセージを送ればよかったけれど、ここではアナログオンリーなので、先についた方が食堂出入り口を眺めておいて約束の相手が来たら手を振って合図する、ということになった。

普段は一緒に食事する『アル推し三人組』に、昼食の約束があるのだがアルが許せば同席するか、と尋ねると、三人とも一も二もなく頷いた。推しとランチできる幸運を逃すはずないよね～と内心頷きながら、クロードは食堂へと向かう。

途中、アリスが何人かの女子と共に中庭の薔薇園へと出ていくのが見えた。朝、本の件でアリスに意地悪していた者たちではない。友人ができるのならばそれはいいことだ。ただ念のため、そのメンツは覚えておいた。やっぱり自分はモンペかもしれない……。

食堂に着くと、庭園が見える大きな窓ガラスの張られた一角でアルとラウルが手を振っていた。友人たちも一緒にいいか問うと快く受け入れられる。アル推し三人組は爆上げテンションを完璧に隠し貴族令嬢らしい振る舞いをしていたため、六人の大所帯の食事は和やかに楽しく過ぎた。

――アリス、来ないな……。

アルの隣で、出入り口を何度も確認するが、どうもアリスが入ってきた様子がない。そろそろ食後のお茶の用意でもしようかという頃合いなのにまだ来ないのはちょっと遅すぎる気がする。

食堂全体をチェックしたくて何か席を立つ口実はないかと考え、クロードは思いついた。

「わたくし、今日は春摘みの新茶を持ってまいりましたの。せっかくアル……ベリク様もご一緒ですし、ご賞味いただきたいですわ」

皆さんは待っていてねと言い置き、クロードは席を立った。

食事もお茶も学院の食堂で出るが、嗜好性の高い飲み物は学生が自分で淹れるのもアリだ。特にお茶は貴族のたしなみ的なところがあって、男子も女子も上手に淹れられると賞賛の的となる。

給湯室と呼ぶには優雅すぎるお茶淹れ場（キチネット）は出入り口のすぐ近くだ。ここなら出入り口の監視も容易だし、食堂全体を見渡せるからアリスがいれば見つけることもできる。

――うーん……まだ来てない、みたいだな。ゲームではお弁当持ってたから、それ食べてるのかな？

アリスの不在に一抹の不安を覚えつつ、職員に好みの茶器の銘柄を告げ出してもらう。シンプルなものから派手な花柄のもの、湯呑みのように取っ手のないものなど色々揃えてある茶器類は、持ち歩くとかさばるため基本貸し出ししてくれるのだ。うんと昔、学院に近侍を連れてきてよかった頃は、茶器持ち込みOKだったので、そのブランドの良し悪しでマウント合戦があって大変だったという。

などと学院とお茶の歴史について考えつつゆっくり支度していたのに、淡い水色の春摘み紅茶はすぐに淹れ終わってしまった。そろそろ食事もお茶も終えた学生たちが食堂を出ていく時間だ。

「遅くなってしまいましたわねえ」

「ちょっとまだ混みあっているようですわ。……お席を探してきますので、アリス様はそこでお待ちになっていらして」

ようやく、アリスと共に薔薇園に行っていた女子たちがやってきたようだ。彼女らはアリスを柱の近くに待たせると、それ以外の全員でテーブルの並ぶ座席ゾーンへと向かっていった。

——仲良くしてる、ように見えるけど……なんか変じゃないか？

銀盆に六つ、カップを載せたクロードは、人の行き交いだした場所で柱に寄って所在なげに立つアリスを見て違和感を覚えた。普通一緒に来たのなら席探しだって共にやるものだろう。軽く見回せば、先ほどの女子たちは程離れた一角でちらちらとこちらを見て笑っている。

嫌な感じだ。アリスがこのまま放置されているならば声を掛けて自分のテーブルに連れていってしまおう、とクロードはゆっくりアリスに近づいた。しかし、

「…………?!」

驚いて足が止まった。

アリスの纏うふんわり膨らんだシフォンのスカートの、その左背面に黒い毛虫が這っている。あれは今の時期の薔薇によくつく、黒毒蛾の幼虫だ。ちょっとしたことで毒毛を飛ばすので、火で炙るか

熱湯を掛けて殺すしかない。このお嬢様だらけの中では、毒毛虫がいると言っただけでパニックになりそうだ。何しろこの毒毛にやられると赤く腫れ上がり一週間は夜も寝られないくらい痛みを持つ。ほとんどの貴族は薔薇園持ちだから、どんなことになるか知らない者はいない。

騒ぎにするのは得策ではないとクロードは口をつぐんだ。声を上げるのはアリスを遠くからにやにやと見つめる女子たちの思う壺だ。

——アリスに毒虫がついたらラッキーくらいの気持ちで連れていったんだろうけど。この毒毛が他の人間に刺さったら、事故とはいえアリスの印象が悪くなる。

あわよくばアリスの評価を落としたい、と考えたのだろう。悪辣だ。

どうにかしなければ、と思うのと同時に答えは出ている。クロードは今、淹れたての熱い紅茶を持っている。

「あ……」

思わずクロードは息を呑み込んだ。

この状況、知っている。

自分自身がこの状況に直面したのではなく——ゲーム内で、プレイヤーキャラアリスとして、悪役令嬢クロディーヌに熱々の紅茶を掛けられるイベントに遭遇したのだ。だがそれは、こんな新学期が始まってすぐのイベントではなかった。

ゲームでは紅茶ぶっかけの後、クロディーヌは笑って「ごめんあそばせ、かわいいお洋服が台無しね」とほざく。そこへ、その時点で最も好感度の高い攻略キャラがやってきてクロディーヌを責めるのだ。

まさか、そのシーンがこんな切羽詰まった状況と繋がるとは思いもしなかった。できれば紅茶など掛けたくない。だがこの毒虫を退けられるのは今、自分だけだ。

もともと好意を持たれないようにするため悪役令嬢を演じるつもりでいたんだから、やってしまえばいいだけ。頭から掛けるわけではない、毒毛虫のついたスカート部分でいい。この膨らみ加減からしてパニエが入っているはずだから火傷はしないはずだ。早くしないと、毛虫がスカートからウエストへと這い上がってしまう。

だがそんな嫌がらせにしか見えない行動をアルに見られてしまうのか。場合によってはアルに責められることになるのか。

——……っそんなこと考えてる場合じゃないだろ！

手を動かせ、機械的に。

躊躇する身体を叱咤して、アリスのスカートの上の毒虫にきっちり掛かるように、手にした紅茶をクロードはぶちまけた。湯気の立つお茶はうまく毒虫に当たり、そいつがくるんと丸まってアリスの衣服から落ちるのを見届ける。きゃっ、というかわいらしい声と共にアリスと、周囲にいる学生が一斉にこちらを見た。

「あら！　ごめんなさいね。手が滑ってしまいましたわ」

思ったよりもずっと悪役令嬢らしい声が出て、クロードはホッとした。

アリスはといえば、呆気にとられたようにスカートを見下ろしているが、熱がる様子はないのでやはり肌には掛かっていないようだ。

貴族の子女ばかりなので騒ぐ声は上がらなかったけれど、一瞬の緊張感は食堂内に伝わったらしい。程離れた場所にいたアルが、こちらへとやってくるのが見えた。逃げ出したくなって、クロードはアリスへとかける言葉を必死に紡いだ。

「……かわいいお洋服が台無しだわ。すぐにうちの者に、お宅へご連絡するよう手配いたしますから――お待ちくださいませ」

「クロディーヌ嬢」

待合所にいる御者に申し付けるから、という体で場を離れようとしたクロードに、アルの凛としたとした声が掛かった。振り向けば眉根を寄せた難しい顔をしてこちらを見ている。

「何をしているんです、あなたは」

「……お騒がせして申し訳ございませんわ」

ざっと身体中が冷えて息が震える。けれど、アルに冷たくされて辛い、なんて顔を見せるわけにはいかないから、わざとにっこり笑って見せた。これはなかなかりっぱな悪役令嬢なのでは、と自分を褒めたい。

そんなクロードを見下ろし、アルはなぜか「困った方ですね」と苦笑した。そして、失礼を詫びアリスの足元へと屈み込む。

「クロディーヌ嬢。貴方が暴挙とも取れる行動をしたのはこれでしょう」

絹のハンカチの中に、中指ほどの大きさの黒い虫が、丸まって硬くなっていた。横合いからそれを見た女子学生が「黒毒蛾の……！」と叫んで何歩も後ずさる。周囲の者も皆、ざっと引いて、アリスとアル、そしてクロードだけが円の中心に残ることになった。

怒っているように見えたアルは、呆れたようなやさしい笑みでクロードを見つめている。アリスにお茶を掛けたことを怒っているのではなく、説明不足なクロードに呆れていたようだ。嫌われたわけではないとわかり、冷え冷えとして硬くなった身体がほっと緊張を解いた。

少しできた余裕で、アリスを置いていった女子たちの方へちらりと視線を向けると、何事かと野次馬のように首を伸ばしている。どうやら思い通りに事が運ばなかったのが不思議なようだが、輪の真ん中にアルがいるのを見つけて顔色をなくしていた。

「アリス嬢、ご覧の通り、あなたの衣服に黒毒蛾の幼虫がついていたようです。周りの方々に混乱をきたさぬよう、クロディーヌ嬢は最も素早くこれを無力化することを選んだのでしょう」

「……これは、ほんの少しの刺激で毛針を飛ばしますものね……。多分薔薇園で拾ってしまったのでしょうが、ここまで毛を飛ばさなかったのは奇跡でしたわ」

アルの言葉に頷き、死んだ毒虫をまじまじと眺めてアリスが頷く。普通なら死骸といえど見たがらない女性が多いのに、アリスはなかなか肝が据わっている。

この予想のつかないリアクションは、アルの好みに合致していそうだな、とふと思う。

こうして互いに好感度アップしていけば、最終的にアルとアリスが恋仲になり、クロードは気兼ねなく女装解除できることになるだろう。なんだかちょっとお腹の中がモヤモヤするけれど。

そんなクロードに向き直り、アリスは優雅な礼をして微笑みかけてきた。

「クロディーヌ様、ありがとうございます。的確な判断をしてくださったおかげで、わたくしもそばの方々もこの毒毛で刺されることなく済みました。感謝の念に堪えません」

「いいえ……よろしいのよ。何事もなく、何よりでしたわ」

普段よりも丁寧に言い回したつもりなのになぜかちょっと悪役っぽい。嫌味っぽく聞こえたろうかと反芻しかけ、ハッとした。

「何事もなくなかった！　……ですわ！」

　アリスのスカートに紅茶をぶっかけたままだった。何事もないどころか着替え必至ではないか。思わず叫んだクロードにアリスはきょとんとした顔になった。アルが口元を押さえて肩を震わせているのが見える。せっかくの悪役仮面が剝げているが仕方がない。アルに軽蔑されるかもしれない戸惑いの中にあった先刻と、理解してもらえた今とでは、テンションが勝手に変わってしまう。

「アリス様のお宅へ、着替えの用意についてご連絡しなくては。わたくしの御者を使いに出します。その間、ええと」

「クロディーヌ様、わたくしたちが養護室にお連れします」

　いつのまにかやってきていた『アル推し三人娘』が名乗りを上げてくれた。クロードが真実女性だったら、パニエに染みる前に上衣だけを脱がせる手伝いなどもできるが、さすがにそうはいかない。付き添いを三人娘に任せ、クロードは学院受付に向かい御者への言付けを頼みに行くことにした。

「クロディーヌ嬢は本当に、私の考えもよらないことをなさいますね」

「えっ？　ア、アル」

　小走りで廊下を行く途中、声を掛けられ驚くと、アルがすたすたと後ろをついてきていた。どうやらラウルは食堂で置き去りのようだ。

　少し歩く速度を落とすと、並んできたアルがにっこりと微笑んだ。

「とてもよい判断だったと思います」

「……ありがとう」

　少し言葉が砕けたが、アルは気にしていないようだ、それどころかより笑みを深め、「クロディーヌ嬢はお忘れかもしれないですが」と続けた。

「今日も私の馬車で登校しましたので、あなたの御者は学院にいませんよ」

「あ。そうでしたわ」

「アリス嬢の屋敷には私の御者を使いに出しましょう。――クロディーヌ嬢は、私と毎日登校することに慣れていただかないとなりませんね」

ラウルが起きられるようになったらこの馬車のお迎えもなくなるものと思っていたのだが、アルはこれから先も毎日クロードと通学するつもりらしい。

「アルと一緒にいることに慣れてしまってもよろしいんですか？」

それは、ちょっと、嬉しい。

「もちろん、願ったり叶ったりです」

冗談口調で尋ねれば、軽い感じでアルも返してくる。

――こういう関係、嬉しい。

さっき、アルに嫌われるかもしれないとお茶を掛けるのを躊躇したことを思い出し、けれどそれをねじ伏せて行動したことでアルに認めてもらえるという結果を得た。アリスには善意がバレてしまったけれど、それ以上にアルが自分を誤解しないでいてくれたことが嬉しかった。

それに、朝からもう二度もアルがアリスを助ける方向で関わっている。ここから、アルとアリスがうまくいけば、そうすれば、自分はアリスの視線を気にせず女装解除することができるのだ。

――あれ……？

さっき感じたお腹のモヤモヤをまた感じ、クロードは内心首をひねった。

前世の記憶を思い出した当初、アリスにアルをくっつけ、自身は男装に戻ることを決めた時のようなうきうきする高揚感がない。朝のモンペぶりを思うに、アリスに恋人ができることが気に入らないのだろうが、最推しのアルといえどもアリスの婿にはまだまだ足りん、とでもいうのだろうか。

——アルがめちゃめちゃかっこよくていい奴なのはわかってるのに、親心、度し難い。

もっとうんとアルのいいところを知ればアリスの彼氏として認めることができるのだろうか。そんな思いで隣に並ぶアルを眺めると、麗しい王子はにっこりと、それはそれはやさしい笑みで「どうしました?」とクロードの気持ちを慮(おもんぱか)る言葉をかけてくれた。

どんより気分は一気に吹き飛んだ。

「アルはとても素敵ですわ」

思わず笑みがこぼれ、手放しの褒め言葉が口をついた。だがあまりに直球すぎる賞賛には慣れていなかったのか、アルは耳まで真っ赤にして、「恐れ入ります」と王子らしからぬ言葉を呟いたのだった。

※※※

なんて素晴らしいのだろう。

学校とはかくも良い場所だったのかと、アルベリクは学院からの帰り、ひとりになった馬車の中で満足のため息をついた。

クロードと同じ講義を取りたいがために為政者クラスを一年早く終え、コースを移ったのは二年も前のことだ。なのに満足に話をすることもできないまま時は過ぎ、いつしか最終学年を迎えようとなったところで泥魚の件が浮上した。

あまり追及したい案件ではなかったがやらねばならないのもまた事実。出ないやる気を励起するため、この件がまとめられたらクロードに接触を図る勇気を出すのだと自身を奮い立たせたのが数ヶ月前。

それが今や、自分の馬車でクロードと登校できるまでになってしまった。

思えばあの春休みの日、クロードが図書館に行くという情報を得たため学院へ足を向けてからこちら、僥倖に恵まれ続けている。報告をくれたマリウスには感謝せねばなるまい。

できればこんな日々がいつまでも続くように、と願いかけて、アルベリクは首を振った。

こんな、ちょっと話したり食事をとったりするだけではない、身も心も通い合わせることができる、もっともっと幸せな日々が自分には必要だ。

早くそんな日が来るように、弛まぬ努力をしなくては。アルベリクは夕日の輝く空を眺めた。

8

「はぁあ～……」

講義が始まってまだ一日だというのにひどく疲れた。自室の長椅子にだらしなく寝転び、クロードは大きくため息をつく。

男爵叙爵は数年に一度あるかないかくらいのことだけれど、新たな男爵家の子は初年度いつもこんな目に遭っているのだろうかとげんなりしてしまう。

――しかし、一日でずいぶんアリスとアルは急接近したなあ。

本来、紅茶ぶっかけイベントはアルとアリスが一緒にランチをとるようになってから起こるイベントなのだ。ふたりの仲を嫉妬したクロディーヌ様が、自分チョイスの服をアリスにプレゼントするため紅茶ぶっかけをする。小学生かゲームの俺、と再び突っ込んでしまう。

　まあふたりが接近しているのだから多少の時期ズレは問題ない。それよりアリスとアルが昼食を一緒にできるようにしないとならない。残りの親密度アップイベントは、「ランチイベント」と「教室でふたりきり」のふたつ。ゲームでは、メインイベントの舞踏会までに攻略キャラとの親密度を上げきっておかないと、誰ともくっつかないバッドエンドになってしまうから時間的に余裕がない。

　そう、ゲームでは、と考えてクロードはしょんぼりした。

　——ゲームだと、中庭でひとりでお弁当食べてるアリスに、俺が嫌味言うんだよな。おひとりで食事なんて侘しいことですわね、って。

　今現在、アリスと最も近しい攻略キャラはアルのはずだから、ぼっち寂しいですわイベントを起こせばきっとアルがやってくる。そうすればアリスのアルルートがほぼ確定する、のだけれど。

　アリスのぼっちを嗤うのが自分、というのが非常に嫌だ。アルが諫めに来るのも大変辛い。しかもゲームのクロディーヌは取り巻きを連れていて彼女らも口々に嫌味を言うのだが、現在クロードには友人とファンはいても取り巻きと呼べるような付き合いの者はいない。いつも一緒にいる友人というならアル推し三人娘だが、彼女たちがアリスに嫌味を言うはずもなく。

　大変どんよりした気分で嫌味の覚悟が決まらないままクロードは三日を過ごした。その間にアリスはちょこちょことお喋りをする相手を獲得したようだけれど、お昼はやはりひとり、中庭で食べているようだった。自分はアルとランチしているのに、くっつけるべきアリスがひとりでごはん、というのはいかがしたものか。さすがに週明けにはアリスをランチに連れ出したいなあと、願望ばかりが膨らんでゆくこととなった。


「クロード、浮かない顔をしてるな」

悩みまくってはいたものの、約束の日なのでクロードは夜の街にやってきた。会うなりエリックことアルに指摘されてクロードは頬を撫でる。

「うーん。ちょっと嫌なことやらないとならなくて、なかなか覚悟が決まらなくてさ」

「嫌なことをやる覚悟か……それはきついな」

自分も覚えがある、とアルは苦く笑う。結局始めるしかなくて、今は事を進めている最中だ、と。

「どうやって踏ん切り付けたんだ？　最初の一歩が踏み出せればどうにかなるとは思うんだけど」

「そうだな……気が進まない事柄でもこれをやり遂げたら自分の一番したいことをしよう、とご褒美を鼻先にぶら下げた」

「馬に人参作戦か」

それならどうにかなるだろうか。

――アリスに嫌味を言って俺が得られるご褒美は……アルとアリスが仲良く笑ってランチしている場面、とか？

ふたりのランチイベントはゲーム内で一枚絵になっている。ゲームスチルでの二人の楽しげな様子を思い出すとわりと行ける気がしてきた。アリスに嫌味、言ってやろうではないか、と。

当然だが、クロードが超善人で、二人の笑顔が何よりのご褒美、なんてことではない。

——目の前で推しのイベントシーンが展開されるとか、超絶ご褒美すぎだろ……！

最近常にアルと行動しているので慣れてきたように思えていたが、どんなに親しくなろうとやはりアルはイチ押しキャラだ。まだ見ぬスチル回収、しかもリアルで、となれば乙女ゲーマーの血は騒ぐ。

「ありがと、なんかやる気出てきた」

「役に立ったなら何よりだ」

大したことは言ってないぞ、とアルが笑う。

「なあ、ア……エリックのしたいことってなんだ？　内緒？」

「内緒というほどではないけど。というか、ご褒美が前倒しになっている状況なんだよな、今」

「前倒し？　嫌なこと終わらせてないのにご褒美キターってこと？」

「そう。……ある人と仲良くなりたくて、こっちの事情が落ち着いたら声を掛けようとしてたのに、向こうから寄ってきてくれた」

「何それ！　超ラッキーじゃん！」

「チョウラッキー……？」

クロードの言葉に今日もまた怪訝な顔で首を傾げ、アルは「ほんとに面白い」と笑った。


アルにうまく背中を押してもらえたため、クロードのやる気は盛り上がり中だ。

——ご褒美はリアルスチル回収！

いや、スチル回収というとちょっと語弊があるが、アルとアリスが並んでランチをとる幸せそうな場面をこの目に焼き付けたいということだ。アリスの父として、そしてアル推し第一人者として絶大なご褒美である。

なのにそのシーンを想像してモヤモヤしてしまうのは何故なのだろうか。アリス単品でもアル単品でも平気なのに、ふたりがお似合い、と考えるとモヤモヤする。頑固親父根性のせいだと思えば納得もするが、アルレベルでもイヤだなんてひどいモンペではなかろうか。

しかしうだうだしていても仕方がない。ともかく俺はやるぞ、との決意を胸に、週明けの昼休み、クロードは薔薇園でぼっち飯をするアリスの元へとずかずか近づいていった。いつも通り三人娘も一緒だ。

「あらぁ、そこにいらっしゃるのはアリス様じゃなくて?」

第一声の悪役令嬢っぽさはバッチリだ。本音を言うと、アル推し三人組にはあまり意地悪な姿を見せたくない。だが、リアルランチスチルはぜひこの目に収めたい。そのために気が進まなくとも嫌味を垂れ流すぞ、と決意したクロードが口を開くより先に、

「ごきげんよう、クロディーヌ様」

アリスが素早く、しかし優雅にベンチから立ち上がり、礼にかなったお辞儀をした。

——ゲームと違う!

内心でぎゃふんとなるクロードである。

やはりこのアリス手ごわい。ゲームのアリスはもう少しこう鈍くさいというか、家格が上の令嬢に話しかけられてもベンチに腰かけたまま「あ、はい」というようなタイプだったのだ。そこにクロディーヌは「挨拶も満足にできませんの？　だからおひとりで食事してらっしゃるのかしら、侘しいこと」と嫌味を炸裂させる——のだけれど。このアリス、強すぎてそんな嫌味が言えない。

「お、お食事、ひとりでなさっているのかしら？　寂しいことですわ」

どうにか言葉をひねり出したものの、嫌味なんだか心配しているんだかよくわからないものとなった。さらに連れているのは嫌な取り巻きではなく、邪念なきアル推し三人娘である。

「本当、おひとりなんて寂しいですわ。ご一緒する方はいらっしゃいませんの？」

「手作りのお昼をお持ちなのね。食堂は持ち込みできますから、よろしければ一緒に参りましょう」

「クロディーヌ様、アリス様がおひとりなの、よく気がつかれましたわね。さすがですわ」

「え、あ、ええ、少し気になっていましたの」

どうしてこうなるのだろうか。ゲームではクロディーヌが嫌味を炸裂させたところにアルがやってきて、アリスをランチに誘うはずなのに。

——ていうかアルも来ないし！

『悪役令嬢によるキューピッド作戦』が崩れていく。おかしい、こんなはずでは、と頭を抱えたくなりながらもクロードは、にっこりと微笑んで言った。

「ご迷惑でなければわたくしたちと食堂でお昼をご一緒しましょう」

なんて。アリスはそれは嬉しそうに「喜んで」と頷いた。

結局、ぼっちの学友を気にしたクロディーヌ様が声をお掛けしたというほのぼの案件になってしまったのだった。

アリスを助けに来ないで、アルは一体何をしているのだと向かった食堂では、席を取っておきましたよと、いつも通りにこやかに笑むアルが出迎えてくれた。

まあ、そうだ。毎日アルとラウルと三人娘、そして自分で食事しているのだ。今日だけアルがアリスの元に駆け付けてくるなんてこと、あるはずがないのだった。

でもとりあえず、アルとアリスを一緒に食事させるミッションはクリアできたので、そこは自分に誇ろうと思う。なぜだかアルの隣にいるのがアリスではなく自分なわけだけれど。

——スチル回収ならず……。

残念、としょんぼりしながら、クロードは日替わりランチの白身魚のポワレを口に運んだ。


三人娘が毎回アリスを誘うため、アリスとは恒常的に昼食を共にするようになった。同卓に着けば当然アルも自然とアリスに話しかけるわけで、これはいい傾向だ。アルの表情が仮面王子の笑顔のままなのは気になるものの、親密度は上がっている、はず。それに、ずっと父気分で見守っていたクロードとしては、アリスと他愛ないお喋りができるのがとても嬉しい。そんなこんな、わりと順調に学院生活は進んでいる。

そういえば、アリスはなぜお弁当女子をしているのかと思ったら、どうやら手作りランチを人に差し入れているらしい。ついでに自分の分も作るため、食堂に来るようになった今もお弁当持ち込みなのだという。差し入れ相手は聞きそびれたが、兄弟か何かだろうか。なんにしろ女子力が高い。

ちなみに世間では三週間ぶりに深淵の騎士がまた現れた、なんて噂になっていたけれど、その正体を知っているクロードは「悪人が検挙されてよかったなあ」程度の感想しか抱かない。

ただ少し気になることはある。ゲームでは義賊についてはさしてクローズアップされていなかったのだが、舞踏会イベントには「偽義賊」が出てくるのだ。彼らの出現はあるのだろうか。タイムテーブル的に少し心配になる。

――あ。教室にふたりきり作戦も決行しないと。

舞踏会イベントの有無は気になるが、事前のイベントもまた大事である。舞踏会人質事件という山場があると仮定して、親密度アップは図らねばなるまい。

ゲームの「教室にふたりきりイベント」は誰が悪いわけでもなく、講義の場所をアルとアリスだけが間違っていた、というものだ。

それを意図的に起こしてやるのが自分です、とクロードは握り拳を作る。

特に難しいことはなく、「次の講義、教室が変更になったそうですわよ」と囁き、ふたりを空き教室へ誘導するだけでよい。アルともアリスとも仲が良くないとできない作戦だから、ランチ作戦の悪役令嬢は失敗したけれど、結果的によかったといえる。

――と、いうわけで。

三限目が終わると、クロードはまずアルの元へと向かった。次の四限目の講義は、開始時間から四半刻は経たないとやってこないおじいちゃん教師が担当だ。いったんふたりを別教室に行かせても、講義には間に合うという寸法である。

「アル、四限目の講義の場所が変更になりましたの、ご存知でしたか？」

周囲に聞かれては計画がおじゃんなので、できるだけアルに顔を寄せてひそひそと囁く。何やら自分の背後で三人娘の騒ぐ声が聞こえるが、彼女たちに介入されては面倒なので、さっさと誘導先の空き教室の番号を告げた。

「そうなのですか。わざわざ教えてくださりありがとうございます、クロディーヌ嬢」

疑うことを知らないアルの目がまっすぐ見られない。ごめんなアル、と内心で詫びつつクロードは、

「アリス様にもお伝えしないと」と踵を返そうとした。しかし、アルがそっと、クロードの指先に触れてきたため何事かと振り返る。

立ち上がったアルは、エスコートでもするかのようにクロードの手を持ち上げ微笑んだ。

「アリス嬢でしたら、昼食を差し入れた相手のところへ食器を取りに行きましたよ。教室番号は他の方たちもご存知でしょうから、私たちは先に行きましょう」

「え」

手を繋ぎ、アルがクロードを連れて教室を出る。

——あれ、ちょっと待て、なんで俺が連れ出されてるんだよ。

アリスとアルをふたりきりにさせちゃう作戦のはずなのに。「誰もいませんね」「ふたりだけですね」なんて会話をしっとりするイベントのはずだったのに。

「この教室ですね。——おや、誰もいない。中に入って少し待ってみましょう」

「えっ、あ、っえ」

違う、そうじゃない、と言いたいけれど言えない。自分が嘘をつきました、アリスとくっつけるためです、なんて絶対言えない。仕方なくアルに引かれるまま教室に入り、身の置き所のない気持ちのまま勧められた椅子に座る。しばし、今日の昼にアリスが淹れたお茶が美味しかったとか、あそこは輸入業大手の商会だからとか、そんな話をする。

ふと、相槌を打っていたアルが真剣な眼差しでクロードを覗き込んできた。

「クロディーヌ嬢はアリス嬢をとても気にかけてらっしゃるようですが……それは、恋をしていらっしゃるということなのですか」

「こ……っほぉ?!」

思わず変な声が出てしまった。まさかそんな誤解をされているとは思わなかったが、性別で恋愛感情を縛らないこの世界ならば当然出てくる疑問かもしれない。

「ここ、恋はしておりませんわ。ただそのとってても素敵な方なので元庶民だからと侮る方々が許せないだけと申しますかあの方の魅力をもっといろいろな方が知ればよいのにと思っていると申しますか」

「なるほど……たしかに恋をしていたら、その人の魅力を広く知らしめたいとは思わないかもしれませんね」

軽く伏せた目をそっと上目遣いに持ち上げて、アルが微笑む。

——うう、エロい。

どうしてこう、この王子様は眼差しに色気があるのだろうか。勝手にどぎまぎと跳ねる心臓をクロードが必死に抑えようとしているのに、アルはうっとりするような甘い声で笑い含みに呟いた。

「私なら、恋する人の魅力はひとり占めしたいと思いますから」

「そ、れは、とても情熱的ですわね……」

息も絶え絶えに言葉を紡ぐクロードをしばし見つめたあと、アルはぐるりと教室を見回し、なぜだかとってもいい笑顔になった。

「誰も来ませんね」

「そ、そうですわね」

「ふたりきりになってしまいました」

「そ……そうですわね」

頷くクロードを、アルはなぜだか、本当になぜだか大変嬉しそうな顔で、机に頬杖をついて見つめてくる。

い、いたたまれない。これはもしや、嘘をついたなら早く言いなさいという無言の圧力ではないだろうか。

――いや、それにしてはあまりにも穏やかでほわほわな目つきだし。

アルは正直、よくわからない部分が結構ある。深淵の騎士だったり、お忍びグルメツアーに乗り気だったり、意味深な視線を投げかけてきたり。ミステリアス王子だ。そのよくわからない部分も含め、クロードは最近この王子様が以前以上に気に入っている。前世の推しだとか、もともと尊敬していたという気持ちの上に、こうして顔を合わせ会話するたび、新たに好意が積み重なってゆくのだ。

というかそろそろ本来の教室に移動しないと危険な時間になってきた。おじいちゃん教師は講義の始まりにはいつも遅刻するのに、学生の遅刻は認めないダブルスタンダードじじいである。

「あの、申し訳ございません、アル。わたくしの勘違いだったようですわ。教室はいつも通りの場所で大丈夫です」

「そうですか。もう少しクロディーヌ嬢とお話ししていたかったのですが、残念ですね」

あっさりと教室変更がなかったことを受け入れ、アルは立ち上がった。手を差し出され、つい自然にエスコートされてしまう。

そのまま階段を下りていると、階下から三人娘の声が聞こえてきた。いくら教師がゆっくり登場するとはいえ、もう教室に入っていないとならない時間なのだが。しかし聞き耳を立てるとどうやら三人がうろうろしているのはクロードのせいだったらしい。

「アルベリク様とクロディーヌ様、一体どちらにいらっしゃるのでしょう」

「アリス様が棟の東側を見てきてくださるとおっしゃっていましたから、そちらにいらっしゃるといいですわね」

アルとクロードを捜しているようだ。なんといい友人たちであろうか。

感動の気持ちのままにクロードは、階段を下りて声を掛けようとした、のだが。

「……おふたりで姿を消すというの、尊いですわ」

「っわかりますわぁ！　何かこう、胸がかき毟られるような情動に支配されますわ！」

「ローラ様は落ち着いて。……でも、そのお言葉まさにその通りですわ」

興奮しやすいローラだけではなく、普段落ち着いているソランジュとミレーヌもなにやら浮き立つような声音をしている。一体何を話しているのやら。声を掛けようとするも、またもクロードは機を逃した。なぜならソランジュがぽつりと呟いたからだ。

「アリス様は……どうなのでしょうね」

「そこは詳しく聞いたことがございませんでしたわね……」

「アリス様がどうかなさったんですの？　ものすごく絵がお上手でいらっしゃるのですよ！　わたくしアルベリク様がクロディーヌ様を馬車から降ろして差し上げる光景を先日描いていただいたのですけれど、家宝となりましたわ！」

「それはものすごく興味深いお話ですけれどローラ様、そうではなくてこう……アリス様は、クロディーヌ様やアルベリク様と伴侶になりたい、などと考えてらっしゃらないですわよね、と」

「えっ。そんなぁ、ダメですわ！　ダメですわ！　クロディーヌ様と契りを結ばれるのは」

「ローラ様お静かに！　……わたくしたちにとっては見守ることが至上の喜びなのですから」

「申し訳ございません……取り乱しましたわ」

「とりあえずアリス様はどういうつもりでいらっしゃるのか、お気持ちを質さなくてはなりませんね」

「そうね、もし同志になられるのならその方がよろしいわ」

「喜びを分かち合える仲間は多いほど良いですもの」

密やかな話し合いはまとまったようだ。三人はその場を離れていった。

——分かち合う喜びって、アル推しとか女装の俺を愛でる会とか、そういうやつ……？

アリスちゃんが同志だといいね、と脱力して、盗み聞き仲間のアルを見上げる。隣の王子様は、笑いだしたいのをこらえるように、口元を手で押さえて肩を震わせていた。

わかる。あの三人、ぶっちゃけ癒やし系だよね、とうんうん頷きながらクロードは階段を下りた。

そして、さも今来ましたよ、という体で、アリスと合流した三人娘たちに「申し訳ございません、教室が変更になったと誤解してアルを連れていってしまいましたの」と弁解した。とりあえずローラの「教室……ふたりきり……尊死……」という呟きは黙殺しておいた。特殊な語彙力の向上がすごすぎる。

9

まったく予定通りに進まないのはなぜですかね、と頭を抱える日々である。

アルとアリスの親密度が上がっているのかいないのかわからないまま一週間が過ぎた。もっとわかりやすく仲良く、と思うのに、いざふたりが恋人となった姿を思い浮かべるとモヤモヤが胸に付きまとう。アル以上の男なんていないのだからモンペを脱却しなさい、と自身に言い聞かせるのだが、リアルではモンペになるほどアリスとアルはくっついていない。

——月末には舞踏会イベントが来るはずなんだけどな。舞踏会に誘う前振りの偽義賊も来ないし、ゲームとはやっぱりちょっと違うのか……？

もう月半ば近くなので、そろそろ舞踏会への前振りがないとおかしいのだが。

正直、女装解除のためにアルとアリスを早期にくっつけたいわけで、学院卒業まで女装でもいいや、と考えるならば焦ってふたりをくっつける必要はない。そうすれば恋仲になったふたりを想像しモヤモヤする必要もなくなる。

——いや、でもなあ、男の恰好でスッキリして学校行きたい気持ちもやっぱりあるし。

いつだって手に取るようにわかる単純な自分の心がいまいちわからず、クロードはため息をついた。

最近はアリスに意地悪する者もいなくて学院はすっかり平和だ。チャラ男ラウルも、友人になってしまうとちょっかいを出しにくいのかやっぱり平和だ。

なんて思っていた矢先の出来事だった。

昼食後、お茶の用意のためアリスが席を立った。ここでアルが手伝えば親密度アップだ。そう仕向けようとしたのに、アルは三人娘との話に花を咲かせていた。わざわざそこに割り込んで手伝いに行かせるわけにもいかない。まあアルの件がなくとも人数分のお茶を一人で運ぶのは大変だし、クロードは自分が手伝うことにした。

すでに先行しているアリスの背を遠く眺めながら、貴族ってこういうとき走れないから不便だよね、とクロードは前世を懐かしむ。その時だ。

「あらあ。手が滑りましたわ。デュボワ男爵令嬢、申し訳ございませんこと」

まったく悪いと思っていなそうな声が前方から響いてきた。クロードなんかよりもっとずっと悪役令嬢が板についている声音は、教科書イベントの時のあの令嬢だ。どうやら喉元過ぎると熱さを忘れるタイプらしく、またもアリスに意地悪を始めた。アリスの元へ駆け付けたいのに、ちょうど食後の時間とあって、食堂を出ていく学生やお茶を淹れに来た学生でごった返していて思うように近づけない。

食後の談話で食堂全体がガヤガヤしているためか、アルへと振り向いてもこちらに気づかないようだし、こういうときこそ公爵家の威光をかざして場を収めてほしいラウルは、残念ながら先ほど教師に呼び出されて出ていった。

「かわいい服が台無しですわねえ。早く着替えた方がよろしくってよ」

それゲームの俺のセリフだから！　と無意味な突っ込みをしながら、人の間をすり抜け、どうにかクロードは最前列へとようやく到達した。うちのアリスに何意地悪してやがる、とモンペ根性丸出しで声を掛けようとした矢先。紅茶の掛かった自身の袖口の香りをかいだアリスが静かに相手を見た。

「このお茶――もっと香りよく淹れることができますのをご存じでしょうか？」

「……なんですって？」

思っていたのと違う反応だったのだろう、令嬢とその取り巻きは目を剝いた。だが彼女たちの態度を意に介さず、アリスはにっこりと笑って続ける。

「この茶葉はわたくしどもで扱わせていただいている中でも最高品質のものとなります。御贔屓いただきありがとうございます。よろしければこのお茶の魅力を十二分に引き出す淹れ方を侍従の方にお教えしたいのですが、メール伯爵令嬢様にはお時間をいただけますでしょうか？　もしご迷惑でなければお茶に合うお菓子も持参いたしたく存じますが」

「な……そんなことしなくて結構よ！　庶民ごときが淹れ方などわかるはずないでしょう！」

「たしかにわたくし庶民上がりですが、扱うものには誇りがございます。どのように淹れればよいのか、勿論わたくしも存じておりますわ」

「ならば、今ここで説明なさったら?!　わざわざあなたとお茶会などいたしませんことよ」

「かしこまりました。では申し上げます」

　きゃんきゃん騒ぐ伯爵令嬢よりも、よほど優美にアリスは一礼し、毅然（きぜん）とした表情で告げた。

「これではお湯の温度が低いですわ。もっと、わたくしが火傷するほど熱くないとこのお茶の真価は発揮できませんの。まずこれが基本中の基本ですわ」

　まさか知らないなんてないでしょう、と言外に含ませアリスが微笑む。馬鹿にされたと感じるくらいには空気が読めたらしい伯爵令嬢は、頭に血が上った状態で愚かにも言い放った。

「ま、まあ、なんて生意気な。沸かしたてのお湯で淹れることくらい知っていてよ。でもそれだと貴方が火傷するでしょう。温情というものですわ！」

　おう、と周囲の群衆からため息が漏れた。クロードも端で聞いていて恥ずかしくなるような白状ぶりだ。わざとアリスにお茶を掛けたと自ら宣言してどうするのか。アリスは笑みを深めている。

「あ……」

アリスの表情と周囲の反応で、伯爵令嬢は自身の失言をようやく理解したようだ。たとえ元庶民とはいえ今は立派に爵位を持つ家の令嬢にこの暴挙。これは大変よろしくない。言い訳もできず震えはじめた令嬢に、アリスは微笑んだまま歩み寄った。

「メール伯爵令嬢には先見の明がおありだったということですわね。おかげでわたくし、火傷せずに済みました。でも今度は、このお茶の美味しい飲み方を知っていただきたいですわ。ぜひわたくしのお茶会にいらしてくださいませ」

「……、ご、ご招待をお受けしたく思いますわ……」

顔色を失くした伯爵令嬢は、小さく呟いた。

――うまいなアリス……！

わざと紅茶をかけたのだろうともっとはっきり糾弾することもできたはずだが、すべてを詳(つまび)らかにするのはやや品に欠け、また伯爵家との関係にも影響を及ぼす。それよりも、故意であることへの言及を避けることで大きな貸しを作り、さらには上位貴族をお茶会に招待するという繋がりもゲットした。政治的判断がめちゃくちゃうまい。

最前列のクロードと目が合うと、アリスは苦笑気味に口角を上げた。

「クロディーヌ様、わたくしお茶をお淹れできなくなってしまいました」

「ええ、仕方ないですわ。それより早く着替えにいらして」

「申し訳ございません。午後の授業にも少し遅れると思います」

「わたくしから先生にお話ししておきましょう」

ケンカを売る相手を間違えた伯爵令嬢とその取り巻きをちらりと眺め見てクロードは頷いた。アリスは礼を告げると、そっと踵を返し去ってゆく。様子を見ていた周囲の人間は、アリスを感心の眼差しで見送っていた。

「ねえ、アリス嬢、すごくいいね」

「ラウル」

いつ呼び出しから戻ってきたのか、いきなり隣に現れたラウルが、非常に面白い、とアリスの後ろ姿を眺めている。

「自力できちんと対処できるのはとってもいいよ」

「たしかに、可憐で強かで――魅力的ですわ」

「肝の据わり具合といい追い詰めすぎない判断力といい、王族の嫁に推薦したい人材だなあ」

「よ、嫁って……推薦枠なんてあったか？」

驚いて思わず素で問う。ラウルはにんまり笑い「推薦っていうかまあ、この人いいですよって王に対しての――推薦だね」と説明になっていない繰り言を呟いた。

王族への推薦。推薦権を持つのはやはり王位継承者たちなのだろう。

――ラウルが、アルの妃候補としてアリスを推薦するってことか……？

ずきりと胸が痛んだ。モヤモヤなんかじゃない、ズキズキだ。漠然と、ふたりがくっつく想像をしていただけでモヤモヤしていたのに、結婚という一大花形イベントと結びついたらズキズキくるようになってしまった。

――なんでこんな気分になるんだ？　アリスのモンぺだからモヤモヤしてただけだと思ってたんだけど……？

今までアルとアリスをくっつけようとしたときに感じていたモヤモヤは、愛娘の相手としてアルを認められないというモヤモヤではなかった、のだろうか。この、胸の中に錨でも下ろされたかのようなずっしりしたどんより感はなんなのか。下手をすると心ばかりでなく、物理的に身体が重くなったような気さえする。

「どうしたのクロディーヌ、顔、変だよ」

「わたくしの顔が変なはずございませんでしょう。ラウルのバカ」

モヤモヤズキズキをラウルにぶつけてみたが、ちょっと変な公爵令息は「女の声でバカって言われると気持ちいい」などと変態全開な笑みを見せるので、クロードは逃げ出したのだった。

「はぁ」

五のつく日、夕飯を食べ終え自室に戻ったクロードは大きくため息をつきベッドに寝転がった。

今日は夜の街でアルに会う日だ。今日のお目当てはハンバーガーの予定なのでとってもとっても胸が弾む、のだけれど。

モヤモヤではない、得体の知れないおかしな気持ちが、どうにも収まらない。昼に聞いた「王族への推薦」について思い出しては重い気分になる。おかしなことを言いだしたラウルが悪い、とは思うのだけれど、それ以前に。

「自分でくっつけようとしてたくせにアルとアリスがほんとにくっつくかもってなったらモヤモヤどころか落ち込んでいる自分がいるんですがどうしたらいいですか」

誰に相談するでもなく言葉に出すも、なんと勝手な、という感想しか湧いてこない。

そんなこんなで「あー」とか「うー」とか呻いていると、いつのまにか時は過ぎ、オーバンが「今日はアルベリク様と逢瀬の日でしょう」と楽しげに部屋にやってきた。すっかり手慣れた様子でクロードを庶民に変装させてくれる。窓から抜け出すのはもういつものこととなっていたが、縄梯子を用意してくれているあたり、オーバン的にはこの夜のお出かけはアリなのだろう。

いつだったか、もう止めないいんだなと尋ねると、穏やかに笑うオーバンに「クロード様の賢くも鈍くてらっしゃるところ、わたくしはとても好きですよ」と告白されてしまった。好意を明かされたのに釈然としない思いを得たけれど。まあ、クロードに危険がないことを悟って、言葉通り「逢瀬を楽しんできてくださいね」と思っているだけなのだろう。

待ち合わせ場所の噴水前には、今日もかっこいいエリックことアルがいる。クロードを見つけると手を上げて微笑んで、こちらが走り寄るだけでなく向こうも小走りで近づいてきてくれる。

嬉しい。やはりアル単体なら自分は何もモヤモヤすることはない。最前までしょんぼりしていた顔に勝手に笑みが浮かんでくる。

「よう」

「どうした、なんだか楽しそうだな」

「んん、エリックに会ったらなんか楽しくなった」

クロードの言葉に、アルは嬉しそうに笑って「俺もクロードと会うと楽しい」と言ってくれた。

本日のお目当て、ハンバーガーを売っているのは、以前クロードが揚げ巻きパンを買ったところの隣のホテルだ。待ち合わせの噴水広場からはちょっと歩くことになる。

広場から大通りに出た先には、宝飾品店が建ち並んでいる。店は閉まっているが「求婚の宝石・結婚指輪の御用命は当店へ」などという看板が多い。求婚の指輪は光の乙女が伝えた文化のひとつだ。

——はぁ。結婚かあ。

ふ、とクロードはひとつため息をついた。

「……エリックも結婚するのかなあ……」

「え？　どうしたんだ急に」

「いや、この辺、そういう看板多いなあと思ってさ。——エリック、好きな子いる？」

意図せず口をついて出た問いは、アルにも不意打ちだったようだ。一瞬目を大きく見開いてから、アルは小さく笑んだ。

「……いる」

今度はクロードが不意打ちを喰らった。その、いきなりの慈愛に満ちた微笑みは反則技だと思うのだ。

「ど、どんな子？」

「そうだなあ……外見はとても美しい」

「ふ、ふうん」

気のなさそうな返事になってしまったが、きっとアリスのことだ。あんな美少女そうはいない。

——なんだ、俺のキューピッド作戦ちゃんと機能してたじゃん。

そう思うのに、モヤモヤズキズキが自分の身体の中を駆け巡ってひどく気持ちをどんよりさせる。

「……顔はいいとして、中身は？」

「芯が強く、肝が据わり、考え方がとても面白い」

やはりアリスだ。はあ、とクロードは内心で肩を落とす。

「その子のこと、好きなんだ」

「まあ、好きな相手について尋ねられ語ったのだから、当然好きだな」

「そりゃそうかぁ。……はぁ」

質問がループするほどいきなり頭が働かなくなってしまったのはどういうわけだろう。今度は実際にため息が漏れてしまった。

「どうした、クロード」

「ん？　いや……恋ってどんな感じかなって……。……あ」

ずどんと天啓に打たれたように閃いてしまってクロードは絶句した。

──俺は、もしかしたら、恋をしているのでは……？

アリスに。

教室イベント失敗の時にアルに問われた際は否定してしまったが、もしかしたら知らないうちにアリスに恋をしていたのかもしれない。実感は全然ないけれど、そうだとしたら説明はつく。すでにアリスはアルルートに乗っかっていて、自分はアリスに恋しても無意味なのだとわかっているから胸が痛む。だからふたりが恋仲になると思うとモヤモヤズキズキする。

「叶わぬ恋……ってことか……？」

娘のように思っていたアリスに我知らずそんな感情を持ってしまっているなんてマジ怖い。ゲームの運命強制力なのか、と内心戦々恐々としていると、そんなクロードの手を、アルが強く握ってきた。

「……ア、ル？」

エリック呼びを忘れたクロードに何も異を唱えず、アルは強い瞳で見つめてくる。

街灯の光がアルの藍色の目をきらきらと輝かせている。思わず見入ってしまうくらいにきれいだ。強い光を宿したまま、アルが低く、けれど確固とした気持ちを吐露するように告げた。

「俺は、叶わぬ恋なんかで終わらせるつもりはない」

「はぇ……」

ものすごく間抜けな吐息が、相槌代わりにクロードの口から漏れた。

――か、……かっこいい。

スチル化待ったなしパートⅡだ。心臓がばくばく音を立てて高鳴る。一瞬で顔が熱く、燃えるように火照ってしまった。待て、ちょっと待て、今アルが言ったのはアリスとのことのはず。なのにどうして自分に向け、そんなかっこいい顔で宣言するのか。

かっこよすぎていっこうに心臓の鼓動が治まらない。アリスを取られそうだというのに全然落ち込んだ気分にならない。そんな自分の心がもう全然わからない。

考えがくるくるしすぎて目をぱちくりしているだけのクロードへ、なんだかキラキラした笑顔になったアルが「そろそろ行こう、今日はハンバーガーを食べるんだろう」と手を差し伸べてきた。


かなり夜も遅いというのに、ホテルの調理場はまだまだ絶賛稼働中らしく、ふたりの注文の持ち帰りバーガーも快く作ってもらえた。冷める前に食べようと、ほかほかハンバーガーの包みを持ってふたりは大通りから道を一本入ったところにある花壇の縁に腰かける。

奇しくもアルと初めて出会った北七街区付近だ。この辺りは豪商が多く、今日もどこかで大規模な晩餐会が催されているようだ。馬車が多い。

アリスに恋しちゃったらしい困惑は、先ほどのアルのあまりのかっこよさになんだかすっかり吹っ飛ばされてしまった。アリスを女性として好き、という実感が全然ないせいもある。まあ、前世から通して恋をしたことがないので恋する実感自体どんなものかもよくわかっていないのだけれど。

——ハンバーガー、うまいなあ……。

隣のアルを見ればやはり美味そうに食べている。一緒に美味しいものを食べるというだけでなんて満たされるのだろう。

そんな、妙に凪いだ気持ちのクロードが座る向かいの歩道を、街の男たちが何人も走っていくのが見えた。

「なんだろう、慌ただしいな」

「ああ、落ち着いて食べられないな」

ひそひそとふたり、文句を言う。しかしそのあとの言葉に愕然とした。

「深淵の騎士が出たそうだぞ！」

「人質を取って、貴族たちに宝石を出せと脅したそうだ」

「義賊なんかじゃねえ、奴は義賊面したただの盗人だ！」

騒ぐ人々を見回した後、クロードは真顔になっているアルとじっと視線を交わした。

——深淵の騎士、ここにいるんですけど。

思ったあとで気がついた。

これは、ゲーム内にもあった偽義賊イベントなのだと。

※※※

なるほどな、とアルベリクは納得した。

泥棒を偽の深淵の騎士に仕立て上げ、アルたちの脱税告発活動を陥れる。これは泥魚の反抗なのだ。

深淵の騎士がアルベリクだと気がついているらしきクロードも、騒ぐ男たちが言及しているのが偽の深淵の騎士であることに考え至ったようだ。心配そうにひそめられた眉がかわいらしくて、つい寄った眉根を指先でつついたら真っ赤になって慌てていた。

こんなほんの少しの反応でも、アルベリクの胸はうきうきと浮かれてしまう。

——私のことを好いてくれているなら嬉しい。

先ほどの、アルベリクの好きな相手を知ろうとする質問には、クロードが相手だときっちり匂わせられたと思う。叶わぬ恋、などと不穏なことを言っていたが、アルベリクの宣言に真っ赤になっていたからわかっているはずだ。ラウルもマリウスも、クロードのことを鈍い鈍いと言っていたが、そんなことはないと思う。

そういえば、男爵令嬢アリスと打ち解けさせようとしてくるのが小憎らしくもあったが、ラウルから上がった報告で見方を変えることにした。王族の婚姻相手として申し分のない器量を持った娘だといち早くクロードは看破して、アルベリクと引き合わせたに違いないのだ。人を見る目もある、クロードはやはり素晴らしい。

「……なあ」

取り締まりの衛兵隊がやってきても『深淵の騎士』は捕まらなかったらしく、より騒がしくなった往来を見据えたまま、クロードが呼びかけてきた。

「偽物は、捕まえないとならないよな」

「――そうだな」

頷き、アルベリクは考える。

脱税者の告発はまだすべてが終わっていない。そちらを訴える回数を増やし、真の深淵の騎士として偽物に対抗しようかと思ったが、クロードの言う通り捕まえてしまう方がいいかもしれない。明晩にでもヴィクトールたちに諮って対策を決めよう。

せっかくクロードと会っている今は、この時を楽しむべきだ。アルベリクは唇の端にソースをつけたクロードに手を伸ばした。ソースを拭い取った指先が柔らかい皮膚に触れ、アルベリクはうっとりと目を細めた。

10

――やっぱりあるんだな、偽義賊出現。

何しろメインの舞踏会事件に繋がる重要なイベントだ。

「立て続けに三度ですね」

朝食の席で、マリウスが苦く呟いた。夜の街でクロードが初めて目撃した時を含めすでに三日連続で偽物が現れているのだ。新聞を眺めていた父がやはり苦々しく頷く。

「深淵の騎士は義賊などではなかった、盗賊の本性を現したのだ――というのが昨今の世論のようだね」

「世論ではそのようですが、父上はどうお考えなのですか」

それは偽物なんですよ、とはさすがに言えず、クロードは尋ねた。

「ごく個人的な意見を言えば、先の脱税告発の深淵の騎士と、ここ最近のものとは別だと思っている。仮面舞踏会や自由参加のパーティーを狙っているのは同じだが、それは不特定多数の者が出入りしやすい状況だからだろう。これはあまり言及すべきではないが、最近の深淵の騎士に対しては衛兵隊が動いていることも理由だな」

脱税告発の深淵の騎士に対して衛兵隊が動かなかったことはやはり留意事項と思っているようだ。

父の言葉にマリウスは頷き「父上と同様の理由からアルベリク様も偽物と断じているようです」と告げた。

――まあ、アルが本物だからなあ。

内心そんな突っ込みをするクロードの隣、マリウスは、偽の深淵の騎士を捕まえることになりました、と告げた。

『偽義賊イベント』。ゲームにも義賊はいて――といっても悪い金持ちから盗んで市井の者に配るといった鼠小僧的なやつだが――これの偽物が出たので捕まえよう、となるのが偽義賊捕縛イベントだ。アリスと攻略キャラが舞踏会に参加し、偽物が現れたら捕まえる手筈だったのに、なんとアリスが人質に取られてしまう『舞踏会人質イベント』に繋がっている。偽義賊出現までに一定以上の親密度がないと舞踏会に誘われること自体なくなってしまうため、親密度上げは重要だった。

なぜ攻略キャラか偽義賊を捕まえようとするのかとゲーム中は不思議に思っていたが、もしもこの世界でのアルのように、攻略キャラが義賊だったのなら納得だ。自分の偽物なんて捕まえて当然だろう。

しかし、この現実世界でアリスが危険な目に遭う展開は微塵も望んでいない。たとえアルが本物の深淵の騎士であると知っていても、捕まえた方がいいなんて言わなければよかった、とクロードは反省した。


偽深淵の騎士が現れた世間に比べ、学院は平和なものだ。

先日の紅茶ぶっかけ事件その二への対処からアリスが密かに大人気となっているくらいだろうか。外見は言うに及ばず内面も強いうえに優美。これは評価が上がって当然であろう。

——もうすぐ舞踏会イベだし。今更アリスの魅力に気がついたところでもうあの子はアルとくっつくようになってますから！

さすが俺の愛娘、といつもなら鼻高々になるところだが、アリスに恋をしているのかもしれないと自覚して以来、心のモンペは少し静かだ。他の有象無象を高みから見物しているつもりの言葉が自分に跳ね返ってきているように思えるからだ。

何しろアルは、アリスとの恋を叶える気満々なことを言っていた。親密度が足りないなんてことはきっとない。きっと今日明日にも舞踏会へアリスを誘うことだろう。

きりきりと胃が痛み、講義の最中だというのにクロードはつい、机の上に顔を伏せた。

そんな態度が良くなかったのだろうか。前回の講義で作成するよう指示したレポートを集めて持ってくるようにと、教師はクロードの学籍番号を指定した。授業中に集めればいいものを、とも思うが、この講師は提出者のチェックが面倒くさくて学生にレポートを集めさせる手抜き野郎なのだ。

この講義を取っている二十人ほどの学生の名前を名簿でチェックしながら、クロードはレポートを集めた。アルが回収の手伝いを申し出てくれたが、それよりは、と食堂の場所取りをお願いしておいた。レポート提出の後、クロードはひとりで食堂へと向かう。

途中、主教室の前を通りかかったところで密やかに話す声を捉えた。どうやら別講義を取っていた『アル推し三人娘』のようだ。

「こちら、アリス様に描いていただいた素描ですの」

「まあ……！　なんて素敵なのでしょう。何枚もありますのね」

「こちらのアルベリク様、とてもよいお顔をなさってますわ」

「気に入ったものを油絵で清書してくださるそうなのです」

「そんな……！　アリス様は女神ですの……?!」

「でしたらこちらのクロディーヌ様とご一緒のものがよいですわ」

「ですわですわ」

「お二人ともお目が高いですわ」

……なんという密談をしているのだろうか。どうやら多才なアリスは画才もあるらしい。アル推し三人娘のきゃわきゃわした話し合いに癒やされつつも脱力し、クロードは声を掛けずに食堂を目指した。

少し遅れて辿り着いた食堂は、閑散とした教室棟と反比例して盛況だ。アルがどこにいるのか確認してから食事の配膳を受けようと、だいたいいつも陣取っている辺りを眺めると——別講義を受けていたアリスがすでに来ていた。蜂蜜色の豪奢な金髪がきらきらと目立つ。三人娘は教室だし、ラウルはまだのようで、アルとアリスはテーブルにふたりきりだ。

アリスが何か話して、アルが興味深そうに頷く。なんだかものすごく楽しいことを話しているようで、仮面笑顔ではない、素の笑みがその顔に浮かんでいる。

――何話してんだろ。

あの状態を望んだのは自分のはずなのに、胸に起きる理不尽なモヤモヤズキズキに少し腹立ち、クロードは視線を逸らした。さっさと食事を受け取ろうと、鶏と芥子菜（からしな）のソテーを配膳するカウンターへと並ぶ。食欲がなくなったのでサイドメニューは豆のスープくらいにしておこう。

ふたりが仲良く話しているところを見ただけでこんなに気が沈むなんて、やはり自分はアリスに恋をしているのか。アリスからの好意を避けよう、なんて思い上がったことを考えたバツかもしれない。

――あの時は前世の記憶が蘇ったばかりでさ。こう、前世フィルター入ってて自分の顔すごい美しい！　ってなっちゃってたからさ。実際は別にそこまでじゃないんじゃないの？　って気もしてきてるんだよな。はぁ。

ため息をついたクロードの背に、「兄上がため息なんて……世界が終わるんですか」などというひどい言葉がかけられた。

「マリウス」

「アルベリク様とお昼なのでしょう。ご一緒していいですか」

「わたくしの友人もアリス嬢もいますけれど良いのかしら。ラウルもあとから来ますし。――あ、わたくしのことは姉上と呼ぶように」

「心得ています。アリス嬢が兄上に恋などしては大変、ですからね。――色々と」

セリフは嫌味っぽいのに、何やらしみじみとした口調でマリウスはアリスたちのいる窓辺を見遣った。ただ、自身の美貌へのナルシシズムが失せつつあるクロードはげんなりした表情を隠さずマリウスに顔を寄せる。

「マリウスよ、どう思う。ホントに俺は美しいか？　そんな、一目見て恋しちゃうほどか？」

「っ……く、くっつかないでください」

「こんなバカなこと大声で話せないんだからくっつかざるを得ないだろう。なあ、どうなんだ、マリウス」

マリウスの方が背が高いので、肩に手をかけ耳元に口を寄せてひそひそと話す。しかしマリウスはどんどん逃げてゆく。冷たい弟だ。

「なんだ、逃げるなよ」

「ち、近すぎるんですっ。もう、ほんと、兄上のそういうところ嫌……」

「やあ、マリウス。クロディーヌ嬢のトレイくらい持ってあげたらいいだろう」

いつのまに現れたのか、マリウスのすぐ脇ににっこり微笑むアルがいた。クロードが寄りかかっているのとは逆側のマリウスの肩を、シャツが皺になるほどぎっちり摑んでいる。マリウスは近衛兵志望とは思えないほど情けない声で「ひぃ」と呻いた。

「で、殿下、これはその」

「学院では名前で呼ぶように」

「う、アルベリク様、これは違うんです、兄……じゃなくて姉？　が、その、『自分は美しいか』などと妄言を吐いてくるので逃げていただけで」

「そんなこと。クロディーヌ嬢は美しいのですから素直に認めれば、こんなにも詰め寄られることはなかったろうに」

「そ、その通りですわ」

アルにさらっと「美しい」などと言われ、恥ずかしくなって噛み気味になった。マリウスがやり取りを暴露したのが悪い、と肘で脇腹をつつくと、弟はまた「やめてください、アルベリク様が見ているじゃないですか」と情けない声を上げた。

「私が見ているときと見ていないときで態度を変えるつもりか？　それは良くないぞマリウス」

常に丁寧語なアルが、上役っぽく喋るのは珍しい。どうもマリウスはアルに冷たくされているようだが、しかしそれがなぜか仲の良さの証にも見える。

アルが感情を乗せた表情を見せるのはどうやらごく近しい人間に対してだけだ。ゲームと違ってアルの表情は豊かだな、と前世の記憶が蘇った春先以来クロードはずっと思っていたのだが、他の学生たちに対しては――三人娘に対してすら、仮面笑顔しか見せていない。アルの中には線引きがあって、クロードやマリウス、ラウルは感情を見せてよい相手なのだろう。そして先ほど見たように、アリスも。

「アリス様と何をお話しなさってたんですの」

あ、と思った時には詮索の言葉が漏れていた。これははしたない。貴族の基準に照らさずとも、前世の習慣からしてもちょっと遠慮した方がよい話題だ。なのにアルは気分を害した様子もなく、「私がいないときにクロディーヌ嬢がなさっていたことを教えていただいていたのです」と笑った。

「わたくしの？」

「お茶にジャムを入れると美味しい、といった話や、薔薇園の床タイルの白いところだけを歩く遊びなどですね」

「う」

そういえばつい先日、白タイルは安全地帯、黒タイルは穴に落ちちゃうごっこをした覚えがある。

よもやアルにばらされてしまうとは。

――ていうかそんな小学生レベルの遊びを何故してしまった俺……。

答えは、「薔薇はきれいだったけど普通に眺めるのに飽きてきてしまったから」だ。

「クロディーヌ嬢は昔と変わらず新しい発想をなさると知ってとても楽しかったです」

呆れた様子もなくアルは微笑む。マリウスはかわいそうな子を見る目でこちらを見ているから、アルの目にはもしかしたら何か特殊なフィルターでもかかっているのかもしれない。

「お、恐れ入ります」

恥ずかしくなりながらも、先ほどのどんより気分はきれいに一掃されている。

アリスに恋したがゆえに、アルが仮面ではない笑顔を見せるほどアリスと近しくなったことに痛みを覚えるのだと思っていた。けれど、その時の話題が自分のものだとわかった途端、気分は驚くほど浮上した。

――どゆこと……？

自分の恋心がアリスに向かっているというのは間違いなのだろうか。まあたしかに恋する実感は微塵もない。だがそうなると最近頻繁に感じていたどんよりはなんなのか――悩むうちに、皿にメインディッシュの鶏の芥子菜ソテーが給仕された。クロードの膳が整うのを待っていたアルとマリウスに席へと促され、クロードは思案を中断した。

三人娘とラウルもやってきて、そのうえマリウスも加わった食卓は八人となり、大変賑やかになった。席順はいつも通りにアルの隣にはクロード、その向かいにアリスとなっていて、ふたりの親密度がやはりわからない。

わやわやと雑談しながらの食事を終え、三人娘のうちのローラが食後のお茶を振る舞うと、マリウスが話を切り出した。

「アルベリク様、現在出没している深淵の騎士のことですが」

「ああ。人質を取って、舞踏会参加者から金品を巻き上げているあれだろう。どう見ても偽物の」

アルの言葉に驚く者は、この面々にはいなかった。皆それぞれに、あの深淵の騎士がおかしいと気づいていたようだ。

だが世論では、あれは偽物ではなく、義賊ぶっていた深淵の騎士が本性を現したのだとされている。現在襲われるのは脱税をしていた家ではなく、舞踏会を催している家ならばどこでも手当たり次第といった感じだ。以前は深淵の騎士にやられたとなれば、脱税者かと噂されたが、もはや慈善活動に熱心な善良な貴族や豪商も狙われているので後ろ指を差されることはない。

――それが狙いなのかもな。

脱税がバレて後ろ指を差されたくない者が、深淵の騎士の世評を落とすために偽物を出現させたのではないか、とクロードは推測した。もちろん便乗しただけの泥棒の可能性もあるだろうが、どうやら賊は舞踏会を開催しているところへ来るようだ。ある程度体面を整えなければ入り込めない場所に、ただのコソ泥が潜り込めるとは思えない。それなりに地位のある脱税者が保身のために、それなりの者を使っていると考える方が納得できる。

「捕縛して、裏の繋がりを見ないとなるまいな」

アルの言葉に頷き、近衛兵見習いとしての顔になったマリウスは緊張の面持ちで告げた。

「かの賊は舞踏会に出没することは皆様もご存じでしょう。そこで近衛兵たちで、開催される舞踏会に参加し、賊が出現したら捕らえる算段をすることとなりました。ですが日によっては手が足りません。そのため、アルベリク様にも助力お願いしたいとのこと。エスコートする相手の人選はアルベリク様に任せるとおっしゃっていました」

近衛隊長からの協力依頼としてマリウスが語っているが、実際は王からの下命だ。重々しく頷き、アルは面々を見渡した。

――これ……イベントシーンだ。

クロードは目を見開いた。

偽義賊捕縛のための舞踏会巡りに、攻略キャラがプレイヤーキャラのアリスを誘うシーン。まさかこんな衆目の中で発生するとは思わなかった。

アルが、ここでアリスを選ぶ。叶わぬ恋などで終わらせないと見せつけられる。鬱々とした気持ちが膨れ上がる。

そうか、という自覚は唐突に訪れた。

バカだ。今までも感じていたこのモヤモヤした気持ちをずっと、アリスのモンペだからとか、アリスに恋してしまったためだとか解釈していた。

でも違うのだ。

こんなどうしようもない場面で自分の本当の気持ちに気づいてしまうとは。

――アルのことが好きなんだ、俺……。

恋していたのは、アリスにではない。アルに、だ。

よくまあここまで誤解が続いたものだけれど、自分の恋愛経験値がゼロであることを考えればむべなるかなと思わなくもない。何しろ前世も含めての初恋だ。

ゲームでアルは、アリスに手を差し伸べて言う。あなたのことは必ず守りますから、偽義賊捕縛のために力を貸してください、と。その時のキメ顔スチルのかっこよさを思い出し、クロードはそっと目を伏せた。

アリスとアルをくっつけようなんて努力してきたのは自分だ。その時が来ただけだ。けれど自分の気持ちに気づいてしまったら、目の前でアルがアリスを選ぶところなど見たくない。胸だか胃だかもはやよくわからない部分が鉛を含んだようにずっしり重い。できれば自分がこうして目を伏せているうちにさっさと終わらせてほしい。リアルスチル回収はさすがにしたくない。

「クロディーヌ嬢」

アルの声に、はっとクロードは顔を上げた。

物思いに耽りすぎた。周囲の声も聞こえない状態だったのではないだろうか。もしかしてもうアルは、アリスに申し込みをしたのだろうか。うまく笑顔を作れないままのクロードを、アルは真剣な眼差しで見つめてきて、言った。

「私に協力していただけませんか」

と。

「え。……えっ？　わたくし、ですか？」

アリスじゃないの、と向かいの席を見遣れば、アリスは慈愛深い笑みでこちらを眺め、うんうんと小さく頷いている。

――えっいいの？　アリスはアルとくっつかなくていいの？

言葉にならない問いかけをわかっているかのようにアリスは何度も頷いている。アル推し三人娘は全員胸元で両拳を握って目をらんらんと輝かせている。

「ええ。あなたです」

言いながらアルがクロードの手を掬うように持ち上げるので、今度はそちらを向かざるを得ない。周囲はみんなこちらを見守る視線を向けてくるのに、クロードひとりが落ち着いていない。

「あなたにしか頼めません。けっしてあなたを傷つけたりしません。どうか私のわがままに――付き合ってください」

いつかの馬車での出来事のように、クロードの手の甲に、アルが顔を寄せる。

また額をつけ、表敬行為をするのかと思っていたら――ふわりと柔らかいくちづけが、その肌に触れた。

「っ……?!」

びっくりして言葉もないクロードを、くちづけたままアルが上目で見上げてくる。

――かっこいい！　待ってかっこいい！　このスチルください！

心臓が勝手にガンガン仕事をしてぎゅんぎゅん身体中に血が回る。顔がこれ以上なく熱く火照る。

鼻血が出てもおかしくない。

「兄……姉上、お返事を」

マリウスに促され、ようやくクロードは怪しげな言葉を発す。

「おおおお付き合い、いたします、……のでっ、その」

もう離して、死んじゃう、と言いたいが、もっと貴族らしい言い回しはないのかとクロードは左右を見回す。だが、向かいに座るマリウスは眉尻と口角を下げた情けない顔でどこか遠くを見ているし、三人娘は顔を覆って「尊い」しか言わないし、ラウルは楽しげな目でこちらを見つめるばかりだ。アリスは先ほどと同様、満足げな慈母のごとき笑みで小刻みに頷いている。

——アリスの気持ちがわからないんだけど……?!

でもとりあえずアルの選択に異議はないらしい。

しばしいたたまれないくらいの温かい笑みに見守られ、クロードは今までの自分の悩みの要不要について思いを馳せるのだった。

やがてマリウスが、「アルベリク様……本当にその、兄……いや姉上を同伴なさるのですか」と確認の言葉を発し、ようやくたゆたうように止まっていた現場の時は動き始めたのだった。

※※※

なんて初々しい反応だったのだろう。

朱に染まったクロードの頰を思い出し、アルベリクは頰を緩める。

直前までひどく陰鬱な顔つきをしていたクロードが、アルベリクの言葉で頰を薔薇色に染めるのは非常に楽しかった。

「今週はふたつほど舞踏会があるからそれに飛び入りで参加しようと思う。……本命は来週末のアルマン叔父の舞踏会だが」

アルベリクの言葉に、いつもの会議の面々、ラウル、ヴィクトール、マリウスが頷く。

多分泥魚も、いつまでも偽義賊を出没させ続ける気はないはずだ。ここまでの世論の流れからすると、自分たちで偽物を捕縛した後にすり替えを行い司法当局へと突き出し、深淵の騎士はもう出現することはない、と話を持っていく心積もりだろう。その後またアルベリクたちが深淵の騎士として活動しても、偽物扱いされ脱税告発も真実とは受け取られなくなるという算段だ。

となると、最後の仕上げに最もふさわしいのは納税局長アルマンの行う舞踏会であろう。招待客の数も段違いに多いそこで偽の深淵の騎士を釣り上げたなら、真実がどうあれその者が深淵の騎士と認識されてしまうだろう。

「ヴィクトール叔父、アリスとの連携はうまくいきそうですか」

「大丈夫だよ。彼女は本当に――しっかりしたお嬢さんだ」

春の風情の叔父が、笑みを甘くして囁く。図書館にこもって食事をまともにとらない日もあったようだが、最近は毎日昼食を差し入れられているそうで肌も髪も艶が良い。大変結構なことだ。

ラウルへと視線を向けると、眠そうにしていた従兄弟は「こちらも万事問題なし」と微笑む。

「シャルロットは僕のことを『ラウルお兄様』って慕ってくれて、なんでも相談してくれるよ。おうちの内情や不安もね」

「本当に、ラウルのその能力はすごいといつも思う。クロディーヌ嬢に馴れ馴れしくするのは許せないが」

「僕が馴れ馴れしいんじゃないのに……」

不満そうに口を尖らせる従兄弟の額に、食べかけのナッツを指で弾いてぶつけると余計に不満そうにぶうぶう言った。

最後に、自分にはどんな言葉をかけられるのかと待ちかねているマリウスに向かって、アルベリクは真剣な顔で相談を持ち掛けた。

「クロディーヌ嬢のドレスと色合わせを考えなくてはならないのだが。どんな色味で合わせれば彼が最も引き立つと思う？」

クロードの美しさについてうきうきと談義できるのと思ったのに、マリウスは何やらとても情けない表情になって「……どんなものでも兄には似合いますので殿下のお心のままに」と大変つまらない答えを返してきた。そんなことはよくわかっているのだ。

11

こんなに楽しくていいのかな、というのがここ最近のクロードの心境だ。

朝はアルと学院に行き、週の途中エリックと夜の庶民フード巡りがあり、さらにはアルとふたりで二度も舞踏会に出席した。護衛役としてマリウスとその同輩も参加しているが、わざと離れて過ごしているので気分的には、アルとふたり、で間違いない。

どちらの舞踏会も主催が下級貴族で、さらには自由参加ＯＫの仮面着用会だったため、こっそり踊って軽食をつまみまた踊って、というほんわか時間を過ごしてしまった。何事も起きずにそのふたつの舞踏会は終了し、クロードの中にはただ楽しい思い出だけが残ったというわけだ。

そうして、アルに舞踏会巡りのパートナーを持ち掛けられて十日目の今日。納税局長アルマンの屋敷での舞踏会である。

今までと違い格式が高いうえに特別枠での招待を受けている。オーバンの見立てで、クロードの白金の髪が最も映えるようにと用意されたのは、アルの瞳と同じ藍を基調としたドレスだ。これまでクロードのドレスに合わせて衣装を整えていたアルは、今日は黒一色の装いである。黒繻子(くろしゅす)のシャツに幅広のクラヴァット、さらに前の開いた膝丈ジャケットも黒。ジャケットの飾りボタンは黒く燻(いぶ)された銀だ。その漆黒の装いがあまりにもかっこよくて、馬車へ迎え入れられる際にクロードは思わず「ほぁあ」と間抜けた声を上げてしまった。アルの耳に届いてなければいいと思ったけれど、あとから馬車に乗り込んできたアルは、不自然なほどに口角を下げて肩を震わせていた。

——笑いたければ笑えばいいのに、くそう。

恨みがましく睨みつけると、アルは今度は可笑しそうに声を上げて笑った。

今日の舞踏会は、これまでのふたつと比べて規模が違う。楽奏団の人数が三十人はいるし、ホールがまた広いのなんのだ。納税局長アルマンは、四人の王弟のうち、すぐ下の年子の弟で、当然ながら招待客もアルの顔を知っている貴族ばかりなので挨拶が大変そうだ。共にいるクロードもまた挨拶をすることになるわけだが、実は三年前のデビュタントでも女装していたクロードは、貴族学院に子供が通っている家以外からルグラン侯爵家のクロディーヌ嬢として認識されている。

――あの時はマリウスに言われて女性装だったんだよな。

さすがにデビュタントには男性装で参加するつもりだったのに、「ある方から助言を受けましたが兄上は女性装の方がいいですよ」とマリウスが告げたのだ。今思えばマリウスが女性装を勧めるなんて珍しいことだ。一体誰の助言だったのだろうか。

何はともあれ貴族院入学式のいざこざを思い出したその時のクロードは、女性装で参加した。どうせデビュタント後は舞踏会など出るつもりはなかったから、成人後にしれっと男に戻るつもりでいたのだ。王族には届けを出しているので男性だということは把握されているから問題はないし。

だからまさかこんな場にクロディーヌで参加すると思っていなかった。アルがエスコートしているためかなりの注目を浴びてしまっているので心臓に悪い。だが群舞曲が終わりメヌエットやワルツといった舞踊曲になると皆踊りに夢中になり、視線はほどよく薄れていった。

管楽器が新しいメロディラインを奏で始めると、アルが手を差し伸べてきた。

「この曲、お好きだったでしょう。踊りましょう」

「……よく覚えてらっしゃいますね」

女装で参加したデビュタントで、クロディーヌはアルと二度ほど踊った。何しろ王子相手なので緊張してほぼ喋らず、アルもまた口数は少なかった。クロードが足を踏んづけまくったせいだと思うのだが。そんな中で、このワルツが好きだと呟いた覚えがある。

「あなたのことならなんでも記憶していますよ」

なんて殺し文句をさらっと口にするアルの手を取り、ハープの音が交じりだしたあたりでふたりしてホールへと繰り出した。緩やかで、けれど華やかな明るい曲に、足が自然とステップを踏む。女性装などしているわりには、女性側のステップはあまり練習していないのだけれど、アルのリードがうまいのか今日はくるくると回ることができる。

「偽義賊も来なくて、こんなふうにアルと踊ってばかりいると、なんだかデートでもしている気分になりますわ」

「デート？」

　踊りながら、不思議そうに目を瞬いてアルが囁く。まずい、ついつい使い勝手がよくて前世の言葉を漏らしてしまった。音楽に合わせ、アルの指先でくるりと一回転させられながら、クロードは言い換えの言葉を探す。デートは、翻訳するならばあれだ。

「逢い引き、です」

　アルの腕の中に戻り、背をホールドされると同時に微笑んだ。

「逢い引き、ですか」

「……真顔で変なことを復唱しないでください」

　自分で言っておきながらクロードは呻く。『デート』の軽い響きと比べ、『逢い引き』の重量感といったらない。まだオーバンの言う『逢瀬』の方がマシかと思うが、あれはあれで妙に淫靡(いんび)だ。そんなわけでちょっとばかり逃げ出したくなったクロードを逃がすまいとしながら、アルがゆったりと微笑む。

「変なことではないでしょう。私にとってはあなたと逢い、語らうすべての時が逢い引きのように甘く感じられますよ。この舞踏会の日々だけではなく——あの春まだ浅き日よりこちら、親しくさせていただけるようになったすべての日々が甘くときめく逢い引きとなっています」

「あ、あの、わたくしが廊下で転んだ日、以来……？」

「以前も申し上げましたようにそれ以前から素敵な方だと想ってはおりましたが。あの日以降、私の気持ちは好意以上のもっと強い気持ちに変わったのです。てっきりご存知でいらっしゃるかと」

でもわかってないなら言いますよ、というように、アルはすっと息を吸った。そして、

「私はあなたのことを想っています」

と、クロードの耳元に囁いた。

うひゃっ、と支えられた背がよりいっそう反ってしまう。

——そうなのか。やっぱり、そうなのか。

何しろ乏しい恋愛経験値でアルの心情を推察し、導き出した結論も同じものだったけれど、いやいやまさかそんな都合のいいことあるわけないでしょ、と予防線を張っていたのもまた事実。舞踏会に誘われたのはクロードだけれど、まだアリスとくっつく目が消えたわけではないのでは、なんて考えてもいた。

けれどこの逃げ場のない状況で告白されて、頭のてっぺんまで死ぬほど熱いのにダンス中だからアルから顔を背けることもできない。「お返事いただけますか」とさらに重ねて囁かれ、発熱で眩暈がしそうになってきた。そんなの、お返事はただひとつだ。

「わ、わたくし、も……わたくしも」

好き。

その一言を紡ぐ前に呼吸をした。

——いいのか？　本当にそれ言っちゃっていいのか？　もうアリスルートにアルを乗っけることは

できなくなっちゃうけど？

けれどそんな心の声よりいっそう大きな心の声が、アルが好きだと叫んでいる。明確な言葉にしたその気持ちを言葉にすることを考えると恥ずかしくて死にそうだ。

「……こ、心の準備をします！」

「え」

ものすごくごめん、と心の中で謝りながらクロードは開け広げられたテラスへと飛び出した。

彫刻の施された石の手すりに掴まり、すぅはぁと息を整える。唐突にやってきた告白展開に頭がついていけなかった。ちらりと後ろを振り向けば、テラスにほど近い室内にいるアルが、早く戻ってきてくださいねとでもいうように苦笑して待っている。クロードのいきなりの行動にも怒っている様子がないのは、この本心が透け透けだからだろう。

再び暗い手すりの方へと向き直り、心臓の調子を整える。

そういえば、とクロードは、二週間ほど前、エリックと会った時のことを思い出した。好きな子について尋ねて返ってきた答えを、あの時はアリスのことだと断じて落ち込んだのだけれど——

——あれって俺のことか……！

思えばたしかに、美しいとか発想が面白いとか、クロディーヌもそんな評価を受けていたのだった。

ということは——叶わぬ恋で終わらせせないのも、自分のことだったのか。

「ん……？」

ちょっと待てよ、とクロードは鼓動を跳ねさせるまったいらな胸に手を置いた。

アルは、俺を好き。だがその俺とは——。

——クロディーヌのことでは……？

大変だ。アルはクロディーヌに告白したわけで、クロディーヌは女性だと思われているわけで、実はクロディーヌじゃなくてクロードです、となったらアルはどうするのだろう。

「とりあえずドン引きしたり怒ったりはしない、はず」

長らくそばにいて、そういうタイプでないことはわかっている。でも恋心は消えてしまうかもしれない。

——そうなったらもう、騙してるようなもんだったから……俺への罰だよな。

反省の情が少しばかり気持ちを重くさせるけれど、好きな女性が実は男と告げられるアルの方が心情的には切なかろう。

ともかく、何はさておき告白だ。実は男だということ、けれど自分もアルが好きだということ。

——言わなきゃ始まんないし。

頬をぺしりとして自身を叱咤し、クロードは覚悟を決める。自分を待っていてくれるアルのところへ戻り、率直にすべてを伝えよう。アリスとくっつけようとしていたことへの懺悔もしなくては。

背筋を正し、明るいホールへと向かい、一歩を踏み出す——いや、踏み出そうとしたところで。

「おとなしくしろ」

突然、背後から首に腕をかけられ、頬近くにナイフを突きつけられた。驚いて身体が緊張で固まる。

——ちょ、ここで来るのか……?!

間が悪すぎる。悪すぎるが、ずっと待ちかねていたお客様でもある。釣り上げようとしていた偽義賊が引っかかってくれたのだ。

これは幸運だ。少なくとも他の令嬢ではなく、自分が人質となったことに安堵する。

男の隙を狙うため、クロードはひとまず抵抗せず力を抜いた。そんなクロードをおとなしい令嬢とでも勘違いしたのか、男は首に回した腕に力を込め、命令を下してきた。

「ゆっくり歩いて中に入れ。——……ずいぶんでかいな」

最後のぼそりとした呟きに、つい笑いそうになる。おかげでわずかに残っていた緊張がほぐれた。

——たしかに、女性にしては背が高すぎってなるよな。

ゲーム設定ではクロディーヌの身長は一七二センチだった。アリスや他の令嬢と比べても頭ひとつ近く大きいから実際もそんなものだろう。並の男程度の身長のクロードが、低いとはいえヒールのある靴を履いたらそりゃあでかい令嬢になる。現に男はクロードの首に腕を巻いたまま歩くのに難儀しているようだ。そう考えるとアルはすらりとしていながらもかなり背が高いのだなと実感する。

夜の帳の下りたテラスから明るいホールに入り、クロードは一瞬眩しさで目を瞑った。目を開けた次の瞬間、視界に入ってきたのは愕然とした顔のアルだった。

ものすごく心配し、そして背後の男に対して怒りを秘めているのがわかる表情だ。プライベートな場でもないのにそんなに顔に出すのはよくないぞ、と思うものの、クロードの危機に際し仮面をかぶりきれないアルに不謹慎だが胸はうきうきしてしまう。

「皆様、ご注目を」

クロードの浮かれた気持ちに水を差す大声が、唐突に背後の男から発せられた。ワルツを奏でていた楽奏隊が、櫛の歯が抜けるようにぽろぽろと演奏をやめてゆく。そうして、楽器の音色に替わり、さざめく声が上がり始めた。「一体何事だ」「令嬢が脅されているようだが」とクロードを気にかけるものから「あの覆面はなんだ」「盗賊か?」と男の正体を推測するものへと収束していく。

やがて「深淵の騎士か」という声が上がると、待ってましたとばかりに「その通り」と男は応じた。

「皆様もご存知の通り、深淵の騎士とは私のことです。誰が言いだしたか知りませんが義賊などとは片腹痛いこと——ただの卑しい盗賊でございます。さて、この令嬢の顔に傷をつけるなど、おやさしい皆様はなさらないでしょう。身に着けてらっしゃる宝飾品、こちらへ供出していただきましょう」

朗々と宣言する男の声が耳元で響いて鬱陶しい。

何が深淵の騎士か。名を騙(かた)るただの泥棒だ。

本物の深淵の騎士であるアルを見れば、射殺すような眼で男を見据えていた。

どうにかしてこいつを捕まえなければ深淵の騎士は盗賊の汚名をかぶったままとなり、再び脱税者の告発をしてもその時にはもう信頼は得られないだろう。

アルの助けを期待するのは無理だ。十歩は距離があるうえに、さらにクロードの顔にはナイフが突きつけられている。どんな素早く距離を詰めたとしてもきっと、偽義賊がクロードを傷つける方が早い。それがわかっていて動けるアルではない。

要はこのナイフが邪魔なのだ。これさえどうにかすれば如何様にもなる。

——淑女のたしなみ、ハンカチ。

前世の自分は知らなかったことだが、ドレスにはポケットがついているものだ。男の注意が手に向かないようにしながら、クロードはそっとハンカチを取り出した。たかが布ではあるが、この小さなナイフを掴むクッション役としてくらいなら十分信頼が置ける。

背後の男は、クロードの相手をナイフに任せておけばよいと思っているようで、こちらには顔を向けていない。耳にかかる息の遠さでなんとなくわかる。

ゆっくり、クロードはハンカチを握った手をナイフ近くまで上げていった。男の仲間が舞踏会に紛れ込んでいたとしても、クロードが何をしようとしているかはさすがにわからないはずだ。

そうして、十二分にナイフとハンカチを握った右手が近くなり、ナイフの刃をハンカチで握ろうとした、その時。

「クロード、目をつぶれ！」

アルの声が響いた。ビクリと男が動揺するのと、咄嗟にクロードが目を閉じたのは同時。さらに、男が「痛っ」と唸りクロードを解放するのもまた同時だった。

目を開ければナイフを取り落とした男が苛立たしげにアルを睨み、しかしそのまま逃げようとしている。すぐ後ろは窓が開け放たれたテラスだ。捕まえなくてはならない。

クロードは男に縋り、向き合う相手の袖と襟を掴んだ。男が抵抗するように身を引く。

ふと、アルに「クロード」と呼ばれたなと気がつくが、「それってどういうこと？」と悩む頭とは別に、身体はひどく機械的に男を捌いた。

時計回りに小さくステップを踏み男の懐に入り腰で押し上げる。前のめりになった男の足を引っ掛け袖を引くと、そいつはキレイに床に投げ落とされた。あまりの鮮やかさに思わず小さく「うは」と呻いてしまった。

――崩れかけだけど体落としが決まってしまうとは……！

前世でずっと練習していた技のひとつがうまくはまった。脳内では拍手喝采だ。とはいえ実戦では、投げたところで終わってはいけない。反撃されないようきっちり押さえ込まなくては。

女装中にちょっとはしたないが、投げられてまだ呆然としている男の片腕を自分の脇の下に抱き込み、さらに上半身でのしかかるようにして首を固めた。一見男に抱きついているように見えるからどうかと思うのだが、この袈裟固めならスカートをまくり上げずにできるからまだ配慮した方だ。

とりあえず誰かこいつを縛り上げてくれないかな、と思って辺りを見回すものの皆の顔は唖然としているだけだ。ただひとり、アルだけがこちらへ駆け寄ってくる。

「クロード、怪我は⁈」

「え……あっ！　な、名前……‼」

そうだった。クロディーヌを完全に女と思っているはずのアルが、なぜクロードと呼びかけてくるのだろう。賊の捕縛よりももっとずっと気になる事柄が出てきて目を白黒させているクロードの傍らへやってきてアルが片膝をつく。

「クロード。痛むところなどは？」

「痛いのはむしろこの男の方だろうけど、え、いや、それより俺の名前、なんで？　えっ、いつからわかってたんだ？」

アルの前では完璧に女性を演じていただけに正体がバレていたことがめちゃくちゃ恥ずかしい。

「そんなことはあとです。いつまでもあなたがそんな男と密着しているのが腹立たしい。――マリウス！　そちらはどうです」

「はい、殿下、終わりました」

返事をして颯爽と人々の中から現れた弟は、すでに縄でくくった男ふたりと一緒だった。学院の同輩と共に取り縄を手に前へと出てくる。どうやら縛られているのは、偽義賊の仲間らしい。どうも偽義賊を本物の深淵の騎士と認定する者が多いと思ったら、なんと舞踏会には「あれは深淵の騎士だ」と扇動する者が紛れ込んでいたようだ。となると以前路上で見た「深淵の騎士はただの盗賊だ」と叫んでいた者たちも仲間かもしれない。

ふたりの男を同輩に任せ、マリウスは手早くクロードが捕まえた偽者を縛り上げてゆく。弟のそんなてきぱきした手際を褒めたいのだが、女性装でオホホしていた自分が実は男だとばれていたショックでクロードはまだ呆然としている。そんな中、

「おお、アルベリク、深淵の騎士を捕らえるとは、やりましたな！」

混乱した貴族たちの話し声でざわざわしだしたホールを貫くように、声が響いた。この舞踏会の主催、納税局長であり王弟であるアルマン卿だ。赤のジャケットが似合うイケ中年である。

「いやはや、初期は義賊などと騒がれていた深淵の騎士だが、最近は本性を現したただの盗賊となっておりましたからな。――お騒がせした、皆々様、これでもうこの王都に深淵の何某などという賊は現れることはありませんぞ」

おお、という声と共に拍手が起こる。だがクロードは本物の義賊が誰なのかを知っているから、集まった人々のようには喜べない。いや、そもそもクロードは『深淵の騎士』とは納税局のアルマンによって発足された脱税取締り機関かなにかだと推測していたのだが、この様子ではアルマンは真の『深淵の騎士』について関知していないようだ。どういうことかと隣にいるアルへと視線をやると、クロードに一度頷きアルは立ち上がった。

「残念ながら、この男は深淵の騎士ではありませんよ。ただの泥棒、偽の深淵の騎士です」

大声を上げていたアルマンよりも、もっとずっと通る声で発せられたアルの言葉に、一瞬で貴族た

ちの拍手が鳴り止んだ。

「ただ、これでもう深淵の騎士は現れない——その部分だけは肯定いたしましょう、アルマン叔父。深淵の騎士は、貴方の策謀を暴くための強硬手段だったのですから」

「……何を言っている？」

「この男は偽者の深淵の騎士、ということは、本物の深淵の騎士が他にいるのですよ。——この私のことですが」

そう告げながらアルは、胸元に差したポケットチーフを引き抜いた。ふわりと広がったそれは、黒い覆面だ。目を隠し、頭の後ろで結ぶ。初めて夜の街でアルと遭遇したとき、アルは顔から何かを剝ぎ取っていた。それがこの覆面なのだろう。

アルマン卿は目を見開いて、言葉を探してか口をパクパクさせている。

「深淵を覗くとき深淵もまた私を見ている。何世代も前に光の乙女がもたらした言葉ですよ。——あなたという深淵を捉えるため、私たちもまた深淵に浸かったのです」

「何を……何を言う、アルベリクよ。其方が深淵の騎士、だと……？」

真実混乱していそうなアルマン卿と、叔父を糾弾している覆面の王子アルベリク。ふたりは対立関係にあるように見えた。

何が起こっているのか、ざわめきを徐々に鎮めてゆく貴族たちとともにクロードは行く末を見守ろうとした。

そんな中、アルマンの背後、大きな扉からふたつの影が現れた。覆面のアルがその姿を認め、安堵したように口元を緩める。クロードの隣へと戻ってきて立ち上がらせてくれると、深淵の騎士の証明であるとばかりにつけていた覆面を剝ぎ取った。

入ってきた影は、アルの叔父ヴィクトールとそしてもうひとり、アリスだった。何故アリスがここに。疑問に思うがアリス本人はヴィクトールの隣に当然のような顔で並んでいる。ヴィクトールはホール内を見回し、はんなりと春の風情で微笑んだ。

「おお、ちょうどよい頃合いだったようだ」

「本当に。説明はヴィクトール叔父、お願いします」

まるで見計らったかのように現れたヴィクトールは、心得た、と眼鏡の端を軽く持ち上げた。

「まず結論から申しましょう。アルマン兄上——いや、納税局局長アルマン卿。貴方を国王フランシス、及びアルベリク第一王子の弑逆を企図した国家反逆罪で訴えます」

唐突な告発にクロードは啞然とした。

——アルを、殺す？

その恐ろしい文言に震えがくる。貴族たちのどよめきが波のように広いホールに満ちる。

「国王を弑し奉る……？」

「まさか……。だが、王子をも亡き者にしてしまえば王位継承権の第一位は……アルマン様……？」

「しかしこれまでご立派に納税局長として王を支えてこられた方ですぞ」

「とはいえここ最近の脱税の告発を見るに、子飼いの者には便宜を図っていたとも考えられる」

ひそひそと交わされる言葉に押し潰されそうな顔をしたアルマンが叫んだ。

「っ……ち、違う！　兄上に害意を持ったことはない！　アルベリクにだって……甥ではないか！　言いがかりをつけるではないヴィクトールよ！」

「言いがかりではございません、兄上。――こちらは、アリス・ド・デュボワ嬢。このたび輸入貿易の功により王より爵位を賜(たまわ)ったデュボワ男爵の令嬢です。彼女の報告と私が調べたことを合わせてお聞きください。では、アリス嬢からどうぞ」

「ご紹介ありがとう存じますヴィクトール様。本日は父の名代として罷(まか)り越しました、アリス・ド・デュボワと申します。わたくしの方から我が商会の近年の取引状況についてお話しいたします」

衆目に見つめられながらお辞儀をした後、まっすぐに顔を上げたアリスが、この三年ほどで急増した東方からの輸入品目について説明し始めた。納税局長アルマンと、これまでに脱税で検挙された貴族たちが大量に鉄製茶器を購入していたことを。

「武器として輸出入される鉄の重量には当然ながら制限がかかっております。けれど、東方の特産である鉄茶瓶は――あくまで茶器ですので制限はございません。わたくしどもデュボワ商会において、この二ヶ年ほどの間に実に大量の鉄瓶が注文され、卸されました」

アリスの凛とした声が語る注文者の名は、これまで脱税の証拠を納税局に提出された者たちも含まれている。アルマンが憎々しげに口を開く。

「商人の娘が顧客の取引内容をよくもまあ自慢げにペラペラと囀(さえず)ることだ。男爵位を賜ったというが爵位にふさわしい品格があるとは思えんな」

「お言葉ですがアルマン様。国王を弑し奉ろうとする者の情報を、顧客だからとただ愚直に守るだけのようなみっともない商売はわたくしどもではいたしておりません。わたくしのもたらしましたこの情報は、ヴィクトール様がお持ちの情報と繋がりました」

「ええ、兄上。私の趣味は納税帳簿の突き合わせの他にも、たとえばそう、鍛冶師の行方についての調査、なども含まれるのですよ」

　この一年ほどの間に、賭け事狂いで借金まみれな、しかし腕のいい武具鍛冶師が姿を消しているそうだ。さらに付け加えるならば鉄というものは鋳溶かして新たに成形することが可能な素材である。

「何者かが武力を不当に蓄えている——とするのは考えすぎとはいいませんよね」

「待て……待て、ヴィクトール、私は兄上を弑そうなどと本当に考えては」

「いなかった、と？　伯父上」

　新たな声がアルマンの訴えに被せてきた。

　クロードたちよりもやや年若そうな少女を連れたラウルがヴィクトールの横に並んだ。、チャラ男らしくなく、悲しげに眉を下げている。

「伯父上のなさることを嘆いて、シャルロットは僕に相談してきたのですよ。伯父上がお酒を飲んでは、自分はもっと高みに上れるはずだったのにと管を巻いていると」

　年端もいかない娘に心配をかけるのはよろしくないですよ、とチャラ男ラウルはごくごく真っ当なことを言った。ラウルはアルマンの娘から色々情報を得ていたようだ。

　だがアルマンは「たしかに、たしかに私はもっと高い地位を求めた、しかし、兄上を弑そうなどとは誓って思っていないのだ」と悲愴な声を上げている。

「……その真偽は取り調べによって詳らかにしましょう」

　アルが締めくくるようにそう告げると、ヴィクトールたちの佇む扉から新たに近衛兵たちが入ってきた。そうしてアルマン以下を捕らえた後に、貴族たちに聴取の依頼を出してゆく。

　当然自分も聴取の対象だろうな、とクロードは深く息をついた。何しろ偽深淵の騎士に人質に取られていたのだ。状況説明を求められるに違いない。

と思ったのだが。

「クロード。帰りましょう」

「え？　いいのか、だって」

「あなたがアルマン叔父となんの関わりもないことはわかっていますから、話を聞くことなんてあとで構わないのですよ」

「まあ、そうかもしれないけど……」

いいのかな、と辺りを見回すクロードの肩を、アルは強く抱き寄せた。

偽義賊出現とアルマン断罪によって雲散霧消していた甘い気持ちが唐突に復活して、クロードは身を固くする。

「――あなたが怪我をしていないか、調べたい」

胸にクロードの頭を抱きしめ、アルが囁いた。一見、偽義賊にナイフを突きつけられていたクロードの身体を心配しているかのようなセリフなのに、どこかに隠しきれない艶があるのを感じ、胸がうずうずと騒ぎだす。

「あれ……？」

高鳴る胸を抑えながら、アルの胸元を見つめれば、ジャケットの飾りボタンが一つ、毟り取られていた。もしかして、とクロードは顔を上げる。

「これ、ボタン投げてあいつのナイフを落としたのか？」

「……ええ」

アルは喜色を満面に浮かべると、「本当に、あなたは素晴らしい」とクロードを抱き上げた。

いわゆる姫抱っこと言われる横抱きではなく、片腕に子供を腰かけさせるような抱き上げ方だ。

――ちょっとこれ……どういう筋力してるんだ……？

一応俺、成人男子の体重分ちゃんとあるんだけれど、と謎に思いながら、クロードはアルの首にしがみついた。そんなクロードの行動を、面映ゆそうにアルが笑うのがかわいくてきゅんとする。

抱き上げられたまま出入り口の扉付近へ向かうと、ヴィクトールと並んでいるアリスがやはり、慈母のごとき笑みで見送ってくれる。

我が娘、なんて思っていた相手がまるで聖母のようだ。だがその聖母は「素晴らしい画題ですわ……ぜひローラ様方に提供しなくては……」などと呟いている。

おかしい、まるっとゲーム世界なわけではないけれど、アリスはこの世界におけるヒロインではなかったのだろうか。まさかアル推し三人娘の仲間になっていたとは、もしやアリスとアルをくっつけようとしていた自分の努力は泡沫を結ぶような無駄な努力だったのか。

――でも、うん、まあ、アリスが楽しそうならそれでいいや。

謎のモヤモヤの正体が晴れてみれば、残るアリスへの気持ちはやはり、娘を見守る親のような心だけだ。アリスの満面の笑みに脱力しつつもホッとして、クロードはアルに抱きつく腕を強くした。

12

馬車に乗り込んでも、アルはくちづけひとつ寄越さなかった。その代わりに隣り合って座った座面

の上で指を絡め、手のひらをなぞってはクロードをくすぐったくときめかせていた。

よかった、とクロードは安堵する。もしも触れ合ってしまったら、まだ告白の言葉に返事もしていないのになし崩しになってしまいそうだった。

アルマン邸からわずかな距離を行ったところで馬車は停まった。自邸でも王宮でもない、貴族街の一角だ。街区としては最上位区画なので、アルの私邸かもしれない。ただ仕える者が最低限の数に絞られているのか、玄関を開けてくれたのは御者で、中での出迎えも家宰らしき紳士ひとりだった。

「お湯を使ったら休むから、お前も下がっていいよ」

アルの言葉に肯い、初老の家宰は「ご用意は整えてございます。ごゆっくりお過ごしくださいませ」と一礼して去った。

連れていかれたのは二階の、大きな窓から庭が見える浴室だった。大理石を掘り下げた広い浴槽が窓辺に、洗い場はその一角、さらに逆の一角には長椅子にベッドまで備わっている。天井は高く、天窓が開いている。湿気が籠らないからこそこんなものが置けるのだろう。

ふかふかの長椅子に隣同士に腰かけると、アルが指先でそっと、頬をなぞってきた。

「クロード、怪我がないか教えてください」

「大丈夫、アルが助けてくれたから」

ボタンなんかで男のナイフを取り落とさせたコントロールの良さにクロードはうっとりする。しかし当のアルは複雑に微笑んだ。

「間に合ってよかったです。あなたはなんというか、自力で助かってしまう気がしたので焦りました」

「それは、そうかも」

実はナイフをハンカチで包んで取り上げようとしていた、と笑うと、アルは「本当によかった」と自身の見せ場があったことを喜んだ。

「でも、あんなものを投げてすみませんでした。絶対にあなたに当てるつもりはなかったですが、怖い思いをさせたかもしれない」

「いや、目を閉じろって言ってくれたし……」

「ええ、素晴らしい反応速度でしたね」

クロードの喋り方は完全に夜の街で会う時のものとなっているが咎めず、笑い含みにアルが顔を寄せ、頬にそっとキスをする。明かりはランプだけの室内で、大好きな相手が自分に触れていると思うと、心臓が口から飛び出しそうだ。

「あんまり——近寄ると、ドキドキするからやめろって」

「……何をかわいいことを言うんです」

「お前がかっこいいからだよ」

不毛なほど甘ったるい応酬をして、額をこつんとぶつけ合ってさやさやと笑い合う。

「ナイフを突きつけられていたでしょう。傷はないですか」

「刃は当たってなかったけど」

「……化粧を落として見ましょう」

手元の籠を探り、アルは手に取った瓶の中身をふわふわした綿に染み込ませた。やさしく顔の上をなぞられるたび、ひんやりとして、化粧が落とされていくのがわかる。どうやらあの家宰が手際よく準備していたもののようだ。ホスピタリティがすごい。

やがてクロードの顔を拭い終えたアルが、その手を握り、しみじみとこちらを眺めてきた。

「貴方の素顔を見るのは久しぶりです」

「エリックと会うときは素顔だったけど……。あっ！　いつからクロディーヌがクロードってわかってたんだよ、すごく、すごく恥ずかしいんだけど……！」

「そんなもの、初めて夜の街で会った時からです。だいたい、あなたの本名をどうして私が知らないと思うんですか？」

「えっ……だってアルと会ったのって女性装のときだけじゃないか。絶対俺が男だと知らないよな、って思ってたんだけど……」

「そんな理由でしたか。デビュタントでは女性装にした方がいいとマリウスに伝えさせたのは私ですよ？」

「え。……な、なんで」

「入学の日の騒ぎを知っていたら、クロディーヌ嬢の姿で参加することを勧めるに決まっているでしょう。男性装などしたら悪い虫がどれだけ纏わりつくかわかったものじゃありません」

女性装ならばたいていの人間は紳士として振る舞うから安心だ、とアルは爽やかに微笑む。

「え、ちょっと待って入学式のことも知ってるのか？　てことはまさか薔薇園の声は」

「私ですね」

うおおい、と声にならない突っ込みをクロードは入れてしまった。自分の女性装人生がアルによってもたらされたものだとは。しかも男の自分を他人に見せないようにするために画策されたものだったなど。ということは、アルとアリスをくっつけようという自分の策略は――

「あのさ、俺、実はアルをアリス嬢の恋人にしようって思ってた」

「やはりそんな意図も含んでましたか」

穏やかに即答するアルに、もうなんだか慣れてきた。この王子様、なんでもお見通しだ。

「私の気持ちをなんだと思っているのかと小憎らしくもあり、ありえないことを実現しようと頑張るのはかわいらしくもあり」

「あり得ないのか？　アリス嬢はとてもかわいいじゃないか。やはり男爵家だから？」

「いいえ。あちらにその気がないのは早い段階からわかっていましたし、それに」

気づかないあなたはやはり憎らしいですね、とアルはクロードの額に自分の額をそっと重ねた。

「私はあなたしか見ていないのだから、アリス嬢がたとえ他国の王女だったとしてもあり得ないことですよ」

咎めるような甘くかすれた声が囁き、クロードの髪を、アルがそっと梳き上げた。

「夜に逢うときは髪を染めていましたね。本当の、素のままの貴方の姿を見るのは何年か振りです」

柔らかな動きで、指先がクロードの頬に落ちる白金の髪を耳にかける。そのまま手のひらが戻ってきて、そっと顎をなぞり上げてゆく。言葉にしていないのにその触れ方から、自分への気持ちが溢れているように感じてぞくぞくする。

「っ……」

撫でられる猫の気持ちというのはこんな感じだろうか。そわそわするような心地よさと、恥ずかしさ。つい目を閉じ、なぞられた顎をくんと上向かせてしまう。もっと撫でて、というように。

けれどアルはもう撫でることはせず、その代わりそっと、顎のラインにキスをした。

家族とする挨拶のキスとは違う。触れただけで身体が燃え上がるほど熱くなるような、自分の心が奪われてしまうキスだ。

「ア、ル」

「すみません。お返事も待たずに」

謝りながら微笑む瞳は、確信犯のようにクロードをより深く魅了する。今度は耳たぶにキスされて、胸の中のそわそわが大きくなる。

「クロード。あなたの気持ちを聞かせてください」

「……俺の、気持ちは」

言わずともわかるだろう、なんて誠意のない言葉は返す気はない。懸念だったアリスのことは解決し、心の準備ももうできた。

間近のアルの瞳を見つめ、クロードは手さぐりに相手の手を握った。

「……俺は、アルのことが好きだ。いつからかははっきりわからないけど、たぶんかなり前から」

どうにも締まらないクロードの言葉なのに、アルは、それはそれは嬉しそうに破顔した。

「私のもの」

低く甘えた声がクロードを抱き締める。その肩に頬をすり寄せ、クロードが応える。

「アルだって、俺のものだ」

「ええ、私の心はもうずっと前からあなたのものですよ、クロード」

今日は身体も、と艶やかに笑い、アルはとうとう唇にキスを触れさせてきた。

しっとりと甘い唇が、柔らかく触れ合っては少しだけ角度をずれさせる。密かに忍び入ってきた舌を互いに甘やかし、絡めるうちに、服など邪魔で仕方なくなってゆく。

「女性の服というのは……付属品が多いですね」

「それは俺も同意する……」

ふふ、と密かに笑い合って、キスをしながら互いに衣服を紐解いた。

身体中を締め付けていた衣類がすべて脱ぎ捨てられ、肌で肌に触れ合うようになった頃には、ふたりともすっかり昂ぶっていた。

長椅子での抱き合いにくさに辟易し、どちらからともなくベッドへと移動する。少し硬めのスプリングが心地よく身体を押し返してくるそこへ、互いに横倒しになって縺れ合った。

「キスが、こんな気持ちいいなんて」

「ええ」

知らなかった、という部分を省いても通じ合っている。吐息を絡めるようなくちづけはお互い本当に初めてで、夢中になってしまう。抱き合う肌は熱く、徐々にしっとりと湿ってゆく。

アルの手のひらが、クロードの胸をゆるりと撫でた。大きくなめらかな手に、すっかり硬く尖ってしまった乳首が引っかかり、言い様のない恥ずかしさを感じる。小さく目立たない粒みたいなものなのに、触れられて嬉しいと、身体の芯へとぞくぞくするものを響かせてくるのだ。

できればこの小さいくせに卑しい場所に気づかないでほしい。そう思うのに、アルの指は見つけたその突起を、くり、とつまんだ。

「っ……」

激しい快感がびりびり腰の奥に響いた。

思わず漏れかけた声を吐息で抑え込むが、身体はびくりと勝手に跳ねる。すると抱き合うアルの身体に、昂ぶった自分の熱を押し付けることになる。キスしたままの吐息が熱く荒れてきて、クロードはどこに意識を集中させればいいかわからなくなってしまう。

甘い舌を深く絡められながら、指先では尖った乳首をくりくりつまみ上げられ、くにくにと押し潰される。そのたびビクンと身体は跳ねる。

「ん……、んっ、んぅ……」

我慢していた息に、とうとう色が乗ってしまった。甘えかかるような鼻にかかった声が熱い息と共に漏れ出てゆく。

その途端、身体にわずかに触れていたアルの熱が、ぐっと力強さを増した。

——あ、うそ、こんなに……？

互いの身体の間でそれが大きく存在感を増す。その昂ぶりの硬さに胸がどくどくと高鳴る。自身のものも釣られたように昂ぶり、もっと刺激が欲しいと腰がもじもじと蠢いてしまう。本当に、前世から通して初めての経験なのに、欲しい気持ちに任せてアルの背に手を回しまさぐると、アルの手もまたクロードの身体の輪郭を撫でてくる。

キスと、胸の先を転がす指先と、背を伝う大きな手のひら。余すところなくアルに愛撫されていることを思うとたまらなくなる。

「……ぁ、ふ」

身じろぎして足を互い違いに絡めるとわずかにあった身体の隙間はなくなって、ひたりと密着した。

「すごい、熱い……」

「ええ……」

寄り添った昂ぶりを見下ろし、ごくりと息を呑む。

クロードは、それを一緒に手の中に包み込んだ。ふたつの熱は先走った蜜でしっとりと濡れつつあり、それらをまとめて撫で上げた。幹が、先端がこすれ合う。

「……っあ」

「ん、んっ……」

ふたり同時に腹に力を込めて快感を逃す吐息を漏らした。冒瀆的なほどの快楽に、クロードは手を再び動かす。

熱くため息をついて、アルの唇が貪るようなキスを施してくる。その合間にも乳首は、手遊びのようにアルの指で円を描いて押し潰されている。余裕のないクロードに比べて、器用なアルが小憎らしい。

「っん、んぅ、ん、っん」

柔らかい舌が絡み合い、甘く感じる唾液をも絡め合う。

本当に、驚くほどにアルのすべてが心地よくて、卑しくさえ思えるのに唇を食み合う深いキスをやめられない。

——濡れてる……。

手のひらの中の熱い昂ぶりが、汗とは違うぬめるものに塗れている。緩やかにこすり合うだけでなく、もっと強く刺激してしまいたい。でも、すぐに頂点に達してしまうのはとてももったいない。

「アル……」

もっとどうにかしたいと囁くクロードに、アルの唇が「ええ」と返事した。ほどけたキスが首筋へと落ちてゆく。

「っあ」

アルの歯が、甘く耳の下に食い込んだ。ぞくりと感じ、首の左側を差し出すように頭を傾げると、今度は歯ではなく唇が、愛しげに吸い上げてくる。そのまま肩口から胸へと、アルのキスがなぞり下ろし、指でつまみ上げていた小さな粒へと辿り着いた。

「なんてかわいく尖っているんですか」

いじりすぎたせいで赤い、とアルが——ねっとりと舌で、乳首を舐め上げた。

「んぅ……！」

ずん、と一気に腰の奥の熱が重さを増した。

手のひらに添えていた自身の性器がぐぐっと強張りを増すのを感じる。これ以上触れてはすぐに達してしまいそうだと手を引きかけたのに、アルの大きな手のひらがクロードの手ごと、昂ぶりを包み込んできた。

「ほら……こう、して」

ゆるくさすり上げながら、唇が胸の先を食む。食んで、舐めて、舌先でくりくりと転がしてくる。

性器の先端がとろとろに潤んでゆく。

「っや、それ、それすると、っい、いきそう……っ」

「……達するあなたが見たいです」

言葉ばかりは丁寧ながら、藍色の瞳が獣のようにぎらついている。その眼差しが本気しか映していなくて、ひとり達するのを恥ずかしいと思うのにクロードはぞくぞくと背すじを快感で震えさせた。

「乳首をいじめられるのが好きですか？　こんなに小さいのに、精一杯硬く尖って……」

なんてかわいらしい、と白く清潔な歯が、クロードの小さな乳首をこすり上げた。

「あ！　っあ、あ」

びく、と腰が跳ねる。アルの手の中に少し、吐精してしまった。腰が小さく、突き上げるように痙攣する。

クロードの胸に頬を寄せたまま自身の手のひらを見下ろしたアルが、「本当にいってしまうなんて、かわいい」とため息のような甘さで呟いている。

「けれど、私を置き去りにするのはずるくないですか？」

「ず、ずるいのはアルだろう……俺のことばっかりいじりまわして」

達しても一向にすっきりしない淫靡なものが身体の中に渦巻いている。浅い息でアルを責めれば、瞳を薄く細めて、アルは手のひらに出されたクロードの体液をこれ見よがしに舌先で舐め取った。

「っ……な、そ、そんなの舐めたら」

「あなたを弄り回すのは、かわいいからですよ……何もかも」

にこりと微笑み、半分起き上がっていた身体をアルは再び重ねてきた。胸の上、舌を尖らせ、つんと乳首の先端をつつく。垂れ下がった前髪が肌に触れる刺激とあいまってクロードはきゅうと身体を緊張させる。

「そんなに身を硬くしては私の舌を感じられないでしょう？　もっとゆるくほどけてください」

ほら、とクロードの体液で濡れた手のひらで、まだ萎えていないクロードの性器をやんわりと握り込んだ。精液の、軋むようなぬめりと共にそれを扱き上げられ、達したばかりの敏感なものをいじめられ、身体が勝手に身悶えてしまう。シーツを蹴っていた足先が、アルの身体にねだるようにすりついてゆく。すると満足げな、小さな笑いをアルが漏らす。

「どこもかしこも、本当に……」

言いさした唇が、クロードの肌の上へとしっとり吸いついた。胸への刺激とは違う、もっとこそばゆくもどかしい快感に、アルが欲しいという気持ちが掻き立てられてしまう。アルにすりつく自分の脚がねっとりと誘うような動きを見せると、もっと自分の舌を感じて、と言った通り、アルの舌先がクロードの身体の上をなぞり下ろしてゆく。

「っ……、ん、ん、ん」

徐々にほどけてきた身体が気持ちよさを受け入れて切なく疼きだした。身の内に疼きをとどめておけなくて逃がしたくて、浅い速い呼吸をしながらクロードはアルに触れ、その身体をまさぐり、髪に指を通す。黒い髪は思いのほか柔らかく、気持ちをほわりとほどかせてくれる。

「おいしい身体ですね……ほら、ここも」

「あ」

手のひらで愛撫していたクロードの昂ぶりを、いつのまにか腹までずり下りていたアルの口がぱくりと食べた。

「んん、っん………！」

伸び上がるように背すじがピンと反った。小さく笑うアルの吐息が、腹にかかって白金色の下生えをくすぐる。クロードの太ももを肩に抱え上げたアルの頭が、上下にゆったり動いて口の中のクロードのものを甘ったるくこすりあげる。声にならない喘ぎが短くはぁはぁと溢れるばかりだ。

──恥ずかしい、恰好、なのに……。

でんぐり返しの途中のような、背を丸め尻の方が高い位置にあるいやらしい体位なのに、アルにそうされていると思うと恥ずかしさよりも、もっとしてほしい気持ちが湧いてしまう。もっといじめてほしいような、意地悪くいじってほしいような、甘い怯えが。

「アル……に、好きにされるの、好き、かも……」

やわく、クロードの昂ぶりをあやすようにしゃぶっていたアルが、ぎらりと視線を強くしてクロードを見つめた。

「私の、好きにしていいんですか？　……言いましたよね」

「え。……う」

もしかして言ってはいけないことを口にしてしまったかもしれない。そんな後悔をクロードがするより先に、アルの舌が、中心にある昂ぶりの裏側をねろりと舐め上げた。そのまま舐め下ろし、付け根にある双嚢を口の中に入れてしまう。

「っふ、ぇっ？　え、え、待っ……あ、あ」

手の中で揉み込むのとはまったく別の感覚がにゅく、にゅく、と柔い嚢(ふくろ)を包み込んでいる。しゃぶり嬲(なぶ)られる不思議な快感に翻弄され、腹筋がひくひく震えてしまう。

さらに。

アルはそこでとどまらず──もっと奥、尻のあわいの窄まりへと舌を届かせた。性器を舐められるよりもずっと卑猥な感覚の場所へ。

「な、そ、そんなとこ」

「あなたの身体中、……全部食べてしまいたい」

「き、きたないだろ、そんなところ……」

アルの、あの美しい男の舌があんな場所を執拗に舐め、ほぐしていると思うだけで、恥ずかしさと快感で芯から蕩(とろ)けてしまいそうになる。

「汚いどころか、とても……かわいく、閉じてますよ。でも私のことだけは、中に……入れてほしいな」

ね、と囁く誘惑と共に、硬く尖らせた舌先が窄まった場所にぬるりと入り込んでくる。

「っあ、あ、あ、はい、って、きちゃ」

「ええ。でもこんなに狭くては——辛いでしょうね。ゆっくり、ゆるくしてあげますから」

ねちねちと濡らし、柔らかくふっくらとした舌でアルは縁をさする。太ももごと抱え上げられたせいで丸見えのそこを舌と指で吟味し、ゆるゆるとほぐそうとする。

だが、ふと気づいたように、先ほど化粧落としを取り出したのと同じ小さな籠を、ベッドサイドから手元に寄せた。籠の中から何か小さな棒を取り出し、「用意は整えたと言っていたな……」と呟いた。

あの家宰のことだろう。

「それ……もしかして」

潤んだ視界で見上げる、アルが手にしているそれは、クロードも知っている。

学院では一年生時に全員まとめて性についての講義がある。同性同士の恋愛も厭わないこの世界では、相手を傷つけないための行為の仕方までもレクチャーしてくれる。勿論愛情を伴うことを第一前提として。アルが手にしているのはその中で教えられる、湯に濡らすと水分で徐々に膨らむ、植物の根を乾かしたものだ。

「……失礼」

短く告げ、アルはクロードを横抱きしてベッドから立ち上がった。性具ともいうべきそれを手に、クロードを連れて湯の中までずんずん進む。大理石のその浴槽は、縁から中央にかけて階段状になっていて、腰かけられるようになっていた。二段ほど下り、ちょうど腹の辺りまで浸かる状態で湯の中に座ると、アルは性具の根を湯に浸けた。ぷくりと泡が湧き、透明なぬめりが滲んできてそれを包み込む。

ごくり、とどちらからともなく唾を飲んだ。

どくどく心臓が高鳴るのは、未知のものを入れられそうな恐怖からじゃない。これを使うことでアルと、繋がりやすくなるという——好奇心と期待。そのせいだ。

湯の中は身体が軽い。腰かけたアルに向かい合い、その上に跨っても重さは与えなくて済む。はしたなく抱き合って、互いに無言でキスをした。

キスが深まるにつれ、アルの手が、湯の中の尻へと伸びる。その指には、ぬめりを纏った性具がある。入れて、なんて口では言えず、ただ挿入しやすいように身体を傾けると——アルの舌でわずかにほどかれた場所に、それがつぷり、と入ってきた。

「っ……」

つい息を詰めたクロードに頬擦りし、アルが「もう少しだけ入れさせて」と囁く。意識して力を抜くようにしたそこに、芯のある、ぬるぬるしたものが少しだけ深く入ってくる。

「お湯も入りそ……」

「大丈夫……縁は閉じてますよ」

ぬめりを帯びたものを含んだ窄まりを、アルの指先がそっと撫でて確かめた。

いや、確かめるふりをして、実はクロードの初めて拓かれていく部分をいじっていたいだけなのだろう。何かが入っている違和感を呑み込もうと、窄まりが勝手にひくひくと蠢く。そのたびに性具のぬめりを指先に纏わりつけたアルが、緩く円を描いて縁の疼きを癒やそうとする。

――ふ、膨らんで、きた……。

窄まりが締まりきらない。それがえも言われぬ快感で、困っているわけでもないのに勝手に眉が下がってゆく。そんなクロードの顔を、ひどく真摯な眼差しで見つめている。

「じわりじわり、これが膨らんでいくの……わかりますか」

「っ……ん……ちゃんと、締まらない……」

「ええ……早く、ここに入りたい」

抑えきれずに息が上がってゆくクロードの、顎の輪郭にくちづけてアルはうっすらと微笑む。

意地悪いような、淫らさを押し隠そうとしているような、不思議な表情がなんだかとてもかわいい。

クロードはアルにしがみついた。

かわいい、というのはたぶん、好きだから湧いてくる気持ちのことなのだろう。黒髪の中に隠れていた耳を探り当ててそっと耳たぶを食むと、小さく息を詰めてアルが笑う。

――ああ、もう……。こいつのこと、好きだなあ……。

クロディーヌとして会っていたときよりも、素をさらけだして会っていたときの気持ちの方が馴染んでいるせいか、どうにもアルに対する距離感が近いというか不遜というか。ただそれでもいいとアルが受け入れてくれているから、クロードはただの同い年の恋人としてアルに甘えかかることができる。

「なぁアル、キス、してて」

腕の中に抱いたアルにねだると、嬉しそうに微笑む眼差しでくちづけをくれる。貪るよりは味わうように、ゆったり舌を絡めながら、性具が膨らんでゆくのを感じ合う。

キスはずっと続けたまま、いたずらなアルの指は胸をかすめ、小さな突起をつまみ上げる。

「っ……あ、ぁ、なんか……なんか、変だ……」

さっき乳首をいじられた時は感じなかった場所、あの性具が埋められとところが、きゅんと喰い締まるのを感じた。

クロードの言葉に、アルがうっとりしたように「変、ですか?」と尋ねてくる。ほどけたキスを首へと伝い下ろし、ツンと尖ってしまった胸の先を舐める。

「ぁ、っあ、あ……!」

強い痺れが腰の奥、いや、今まで意識したことのなかった内側の奥へとビリビリ走り抜けた。湯の中でアルに支えられた腰を軸に、思いきり仰け反ってしまった。

クロードの反応に息を乱したアルが、言葉もなくさらに乳首を舌先でくりくりと押し抉る。そのたびに内奥へ快感が走り、腰が勝手に動いてしまう。それどころか、あの根を埋めた場所が切なく疼いて、足りない、足りない、と物欲しげにひくつきだした。ぎゅう、と喰い締めても、いかに太くなったとはいえただの根。ぬめり、広がったクロードのそこが満足するほどのものではない。

「あ、アル、アル、……どうしよう、すごく……すごく、したい……」

胸を弄るアルの舌先を止めたくて両腕でその頭を抱え込み懇願した。こんな性具じゃなく、先ほど触れたアルのあれが欲しい、と。

アルは無言で、クロードを自身にしがみつかせたまま勢いよく湯から上がった。そうしてろくに身体を拭くこともせずに、広い浴室内のベッドへとクロードを抱き運んだのだった。

たっぷりのぬめりでクロードのそこをほぐした性具を、ベッドに着くや否やアルは抜き取った。埋め込まれたもので拡げられていた場所が物足りなさにきゅんと竦む。耐えがたくて、「はやく、はやく」とねだるクロードの言うことを、アルは即座に実行してくれた。

そうして今――、アルの腰が、引いて、押し付けて、引いて、そんな動きを繰り返し、腰の奥に耐えがたいくらいの快感が撃ち込まれてくることとなった。

しなやかな腹筋が自分の脚の間で波打つように運動を繰り返している。ただ喘ぎだけが溢れて溢れて、止まらない。

――すごく、すごく、すごい……。

見上げた顔は困ったような我慢しているような、なのに妙に艶のある眼差しをもってクロードを見つめている。視線だけで捕食されそうな、いや、これはもう視姦といっていいくらいの、淫靡で強い眼差しだ。

ぞくぞくぞく、と背すじに震えが走る。汗を散らして快感を貪るこの一瞬一瞬、アルが、こんなにきれいでかっこいい男が腰を送ってくる、そのこと自体に感じてしまう。ぎゅぅう、と内襞が喰い締まって自分の中の逞しいものに纏わりつく。

「っあ……」

思わず、というようにアルが漏らした声に、背中がなぞり上げられた。きゅん、と、身体が竦むようなときめきで満ち満ちる。

「んんん……っ」

締め上げたせいで敏感になった内側が、ごりごりと熱で拓かれ、穿たれ、たまらなくなる。

「っあ、アル、アル……それ、おっき、おっきい」

「……っ大きいのは……好き？」

「う、ば、ばか、なこと、聞くなよ……っ」

「ばかでもいいから、教えてください……ね」

奥まで押し入ったものが、ぐぐ、と力を籠めてより強く太くなる。答えたくたって答えられなどしない。あ、あ、と甘くて鼻にかかった息がただ漏れ出るのを止められず、クロードは首を振る。

「ねえ……どうですか、これ……？」

「あっ、あ、っあ、す、すき、アルの、それ、好き……だから、ぁ」

だからもうやめてくれ、とお願いするのに、アルはそれは嬉しそうに笑って、

「じゃあもっとたくさん……あげますね」

と、より深くまで穿ちぐりぐりいじめてきた。

「っだ、め、もう、漏れ、ちゃ」

「んん……かわいいことを……いう」

剣の修練でか、思いのほか硬い手のひらが、反り返った腰に屹立するクロードの性器を握り込む。親指の腹が、ぐぐ、と裏側の筋をこすり上げる。じわ、と熱く昂ぶる先端に何か滲んでしまったと思

った途端、そこから、快感が、どくりと溢れた。

「っあ、あ、あ、ばか、アルの、ばか……っまた、いっちゃ、ったじゃないか……」

「ええ……こんなにたっぷり出して……あなたがいやらしいと、私は、本当に、どうしていいか——わからなくなる」

　達したものを扱き上げるのと同じ律動でアルの腰が、奥の方を突き上げてくる。

「んん、ん、んん……!!」

　いったのに。達して、これ以上ないいくらいたくさん、快感の種のような体液を溢れさせたのに、まだ終わらない根の深い快楽に頭がおかしくなりそうになる。

「あ、あ、入ってる、入ってる……奥まで、アルの、……」

「っ……ええ……どこまで入ってるでしょう……このくらい……?」

　ぬ、ぬ、と腰を打ち込みながらアルの手のひらがクロードの下腹を撫でる。そんな、そんなところまで、アルの性器が入り込んでいるなんてこと。——考えたらもう自分でも腰を振るのが止まらなくなった。

　アルの動きと自分の動きがぴったり重なって、熱く硬い太幹がずぷずぷと淫らな音を立ててあの場所を犯し穿つ。

「あっ、あっ、あっ、もう、いく、また、いく」

「私も一緒に、……いいですか? あなたの中に、たくさん、出しても……、いい?」

　強く抽送しながら、甘くいやらしい声が「ねえ、クロード」とおねだりした。

「っい、いい、いい、出せよ……!」

口に出した途端クロードは達した。先にひとりで達した時とは違う、強い快感に貫かれて、自身の腹に熱い飛沫が飛び散る。なのに喰い締まる内奥は治まらず、クロードは身体中で必死にアルにしがみつき、快感の証を自分の中にたっぷり放つよう懇願した。

「だして、だして……っ」

「く……っふ、ぅ……」

抱きしめたアルが、甘く呻く。抽送とは違う、本能のままのように腰を何度か突き上げ射精したあと、アルは押し殺した息を長く低く吐いて重くクロードにのしかかってきた。

額をこつりとぶつけて見えた、その満足そうな顔。あまりにかわいくて、クロードが「好きだ」と囁くと、内側に埋め込まれたものは完全に萎える間もなく、また硬さを取り戻したのだった。

休む間もなく繋がったまま二度も三度も行為を続け、ベッドのある浴室を出て主寝室へと戻った時には、もはや舞踏会の争乱も初めての夜も、すでに昨日のものとなっていた。

なんて長いこと愛し合ってしまったのか。

考えて恥ずかしくなる。あの淫らさに耽溺した行為を『愛し合う』というのはどうなのか、なんて。

「……もう、明日になっちゃったな」

浴室のものとは違うふかふかのベッドに埋もれ、クロードは裸で寄り添うアルに笑いかけた。クロードの長い髪をひと房掬い上げ、うっとりとくちづけたアルは、

「『明日』は、やってきたらもう『今日』ですよ。——こうしてあなたと日付を越えられるなんて、嬉しい」

なんて、よりいっそう目を細めた。

素直に喜ばれて胸がきゅんとするのと同時に、ものすごく恥ずかしくなりもする。アルの喜ぶ理由が自分にあると、はっきりわかるせいだ。

「アルは、ちょっとかわいすぎると思う……」

もそもそと背中を向けて赤くなった顔を隠そうとすると、駄目、と肩を摑まれ甘く阻止される。そのままそっとキスされて、なすがままにくちづけを深めた。

すっかり馴染んだ体温を触れ合わせ、キスの合間にクロードは呟く。

「……寝ないと、学院行けなくなる」

「でも眠りたくないですね」

「うん……」

あんなにしたのに、じんわりした熱はまだ下腹でうずうずと燻って、解放させてくれとクロードの芯を苛んでいる。けれどなけなしの理性が、もう寝た方がいいと窘めてもくる。

「初めて好きな人と過ごす夜に羽目を外してはいけないなんて――誰も言わないでしょう」

やや汗ばみ、しっとりしたアルの身体が自分に寄り添う。汗は冷えて、でも触れた部分は熱が伝い合い温かくて、心地いい。

身体を疼かせる淫らな気持ちとはまったく別の甘い何かに触発されて、クロードはその頰を爪の先で愛撫しながら髪の毛の中へと指を差し入れた。

アルの頭の形が手のひらの下にあるのが妙に愛おしくて、髪をかき上げ、うなじへと撫で下ろし、また頰へと戻る。ただアルの輪郭をなぞっているだけなのに心が満たされて勝手に笑みがこぼれてしまうのは――、

「好き、だからだよなあ……」

自分に応えるように呟く。

目を閉じて、撫でられるままになっていたアルがそっと瞼を上げた。枕元の薄明かりがその瞳に入って、藍色にきらきらと輝かせる。

「こんなに暗いのに、ちゃんと藍色に見えるの、不思議だ」

まるで藍星石（らんせいせき）のようだと思う。宝石には興味がない自分だけれど、アルのこの瞳と同じ色合いの石が欲しいな、なんて思うくらいにこの恋にずぶずぶ溺れている。

「自分ではわからないですけれど……クロードは、この目が好きですか？」

「うん、すごい好き」

「私もあなたの、晴れた湖のように澄んだ瞳が大好きです」

宝石の瞳に見つめられたまま、キスをされた。寄り添っていただけの身体が次第にのしかかってきて、アルの重みをたしかにする。

キスは、気持ちいい。

ただこうしてくちづけて内側を探り合うだけなのに、なんでこんなに気持ちが溢れてしまうのだろう。舌は柔らかく濡れて、ねっとり絡み合う。もっと深くまで相手を探りたくなって、くちづけた唇の角度を何度も変える。

好きで、好きで。でもそうしているとキス以上の何かがしたくなって、その不純さが愛しくもなる。

ちゅ、と伸ばした舌先を吸い上げられ、味わわれる。ふ、とか、ん、とか、そんな鼻にかかった声が甘く漏れた。

「……かわいい」

　アルがそう、息を吐く。誰に聞かせるでもなく心をそのまま言葉にしただけのように。それと同時、ただキスのためにクロードを抱きしめていただけの腕が力強さを増した。

「くちづけたらもう、我慢なんてできない」

「っ……あ」

　アルが丁寧な物言いを忘れている。それだけでもときめくのに、身体の輪郭を手のひらで確かめられ、腰の奥が本格的に疼きだす。そわそわとした何かに炙られ、重なっていただけの足がアルの脚に絡んでゆく。互いの身体の間にある、柔らかくしどけなくなっていたものは、すぐに熱く昂ぶって相手の熱とこすれ合った。

「ん……今度はゆっくり、しよう、な？」

「先ほどのは……辛かったですか？」

　あまりに善くて貪り尽くしてしまったと詫びようとするアルの頬に手を添えくちづけ、クロードは決まり悪く囁く。

「慣れてきた、から……ゆっくり、もっと、――アルの形がわかるように、したい」

「……」

　腹に当たっていたアルの熱塊がいきなり強さを増した。抱きしめる腕に力がこもり、無言の唇が貪るようにクロードの唇も内側も蹂躙する。

「私の形をわかりたい、なんて――いやらしくて、かわいい」

「だって、さっきは、大きいってことしかわかんなくて」

「じゃあ、ゆっくり入れてあげますね……あなたのこの、ここに」

「っ……」

未だぬめって緩んだままの縁をアルのやさしい指先がねっとりとなぞる。ぞわりと背すじに走る快感に、窄まりきっていないあの場所は鼓動に合わせてひくついている。増やされた指もすぐに呑み込んでしまう貪欲さが恥ずかしく、けれどアルがそうしているのだと思うと余計に感じる。

やがて起き上がったアルがクロードの腰の下に枕をひとつ押し込んできた。そうして浮き上がった下半身をアルの太ももが支える。伏目がちにクロードを見下ろすアルが、静かな興奮を煽るように、舌なめずりするのを見てしまった。

淫靡さに、ずくくく、とクロードの欲も煽り立てられる。ひくついて物欲しげなその部分に、丸みを帯びたものが触れた。

「まず、これが……先端」

「ん……っ」

「ここから、だんだん太くなって――」

かすれたアルの声が耳に甘い。押し当てられた縁が先端を受け入れると、続いて襞が、にゅく、と拡がるのがわかる。アルの性器のなめらかなその形。言葉通り太さを増すエラの部分が押し入ってくるにつれて勝手に息が上がって誘うような声を漏らしてしまう。

「……、……っ、ん、ん」

丸い先端が入りきった段差のあとは、硬い幹が続く。それはとても熱く、強い。勢いに任せた挿入とは違う、自分の内側を味わわれているようなスローな侵入に、ゆっくりしてと頼んだ自分を恨みたくなる。

だってひどくもどかしくて、淫乱に腰を振ってしまいたくなるのだ。

「ゆ、っくり、すぎ……」

「そうですか……？　あなたの内側、すごく……纏わりついてきますよ」

手も使わず、その硬さだけでアルはクロードの中を穿ってくる。両手はベッドにつき、ぎらぎらと視覚でクロードを貪るように見下ろしながら。

未だ濡れて、拡がりきっているはずのそこが押し入ってくるアルの熱塊の太さを感じるのは、自分がそれに纏わりついているから、なのだろうか。

「う……だから、すごい、入られてる感じがする、のかな……」

「……少しは、私の形を覚えました？」

これで全部、と押し殺すような吐息の中にアルが言葉を潜ませる。何かを我慢するような、呼吸するたび喉奥で息を抑える音がひどくいやらしい。

「覚え、た……すごく、かっこいい形……」

一回だけ腰を揺らすと、根元まで性器を食んで繋がった部分がきゅんと食い締まった。またアルが耐えるような息を漏らす。それが抽送を我慢する息だと、気づいた。

ゆっくりしたいと言った自分の言葉を守るためか。そんなふうに思うと肉の欲だけではない、甘い気持ちで心が満ちて、余計に——その身体が欲しくなってしまう。けれど動いてほしい、とクロードが願うよりも先に、誘う瞳でアルがクロードの腹から胸へと手のひらを滑らせた。ねえ、と囁きかけられ、眼差しで続きを促す。

「……この小さな粒を、いじめてもいいですか？」

「っ……い、いよ……」

奥へ押し入られたまま、胸の先をつんとつつかれ、息も絶え絶えにクロードは頷いた。アルにされるすべてのことは、怖いほどにただ気持ちよくて、よくて、嫌なことなんてひとつもない。

「ぁ……あ、っあ、ぁ」

応じた途端に舌先が、尖りきった乳首の下側からねっとりと舐め上げてきた。ゆるりとアルを包み込んでいた肉襞がぎゅっと締まり、その硬さを如実にクロードに伝えてくる。

——ああもう、おっきい、おっきい……。

もじもじする足のつま先が、自分の脚の間にいるアルの背中をなぞる。まるでねだるような仕草のせいか、アルの唇が胸の突起を強めにちゅっとついばんだ。

柔く濡れた唇の隙間から舌をちらつかせ、乳首の敏感すぎる先端をぬるぬるとこする。抱え上げられた腰が勝手に浮いて、根元まで挿入されている熱塊をもっと奥まで誘おうとする。

「そ、んな……に、しゃぶりつかないで……」

「っ……んあ！」

ふいに乳首に強い刺激を受けてクロードは仰け反った。アルに胸を齧られたのだ。

制止のための意地悪だったろうに、アルを受け入れた窄まりが締め付けを強くして、意図せぬ淫らな意趣返しをしてしまう。アルがまた辛そうに、低く長く我慢の吐息の尾を引かせる。

「激しく責め立てて……あなたに、意地悪したい」

「っ……し、してもいい、のに」

「まだ、もう少し……我慢します」

その方がきっと、すごく気持ちいいですよと、アルは昂ぶりを引くことなく押し入れたまま、ゆったりと大きく腰を揺らした。

「それにここだけでも、すごくあなたはかわいくなるから……」

「あ、っあ、っ！」

囁く唇がまた胸の先に歯を立てる。けれどそのほんの少しの痛みのあと、やさしい舌先が慰めるかのように甘くねっとりと乳首を転がしてくる。繰り返されてほどけた喘ぎを漏らせばまた、齧っては甘やかす。喉奥で小さな息が滞って、ん、ん、と音になる。

「ぅ、う、そこ、ばっかり」

胸ばかりいじめず、いい加減もう動いてほしいと思うのに、乳首を舌でくりくり押し潰しながら、アルの手はクロードの尻肉を摑みゆったりと揉む。熱塊を呑んだ窄まりに肉を寄せ、広げ、それを繰り返されると抜き差ししていないのに身体の奥を突き上げられているかのように感じてしまった。

「は、はぁ、はぁ、アル、アル……」

ひく、ひく、と内奥が鼓動に合わせるみたいに勝手に喰い締まっては緩むのがわかる。そのたびアルの腰が、反応するようにわずかに揺れる。それでも意志の強い王子は折れない。クロードばかりが物欲しさに身悶えて、腰を揺らしたくてたまらなくなってゆく。それでも動かせない辛さで、内襞がしゃぶるようにアルの性器に纏わりつく。

——あ……だめだめだめ、あんまり、締めるとさっきの……思い出す……っ。

びくんと身体が跳ねる。

侵入してくるあの、硬い物の形。なめらかな先端から張り出したエラまでの徐々に大きくなる熱と、カリまで埋め込んだあとに続く太い竿。そのいやらしい形が自分の中を穿っている。動いていないからこそ鮮明なそれがたまらなくて、内襞がぐずぐずとアルの屹立に縋りつくのがわかる。

「あ……、クロー、ド、そんなに吸い付いては……」

「ん、ん、ん、ふと、太い、これ……」

「ああ、くそ、動いてしまうから……いやらしいこと、しないで」

「だ、って」

ゆっくりするんでしょう、とクロードの言葉を質にとってアルが動きを止めようとするけれど、動かないでいる方がずっと、その昂ぶりの甘さと卑猥さをたしかにしてしまう。押さえられても腰が揺れて、揺れて、たまらなくなる。

「んっ、んん、ん」

「待って、本当に、ひどくしてしまう……」

「いい、はやく、しろよアル……！」

これ以上焦らされたら死んじゃう。そんな意味のことを訴えると同時、つま先まで突き抜けるような快感が頭のてっぺんから貫いた。内壁をずっと押し広げていた硬いものが抜き差しされた。

「あ――……！」

強く締め付けているはずなのに濡れそぼった場所はもうゆるゆるで、いやらしい水音が抽送に合わせてぬぷぬぷと響く。あ、あ、とアルの動きに合わせたただひたすら喘ぎを溢れさせるだけしかできない。音が、と悶えれば、いやらしい、と答えられ、よりいっそう響くように腰を回され打ち付けられた。

「は、はず、はずかし、ぃ、そんな音、させるの……っ」

「あなたのここから、してる音ですよ……」

「ん、ん、んん、すご、すごい、っやらし……」

「っん……」

しがみついて縋るクロードの中を、アルがもはや無言で穿ってくる。その、動き。喰い締まる内襞が硬い熱でこすられ、纏わりつく内襞がアルの性器を扱き上げ、互いに互いの快感を分け合って、激しくなる。動きたくて仕方ない欲をギリギリまで我慢していた身体はひたすら快感に手を伸ばしている。

だから絶頂は早かった。

声も出ないくらいに激しくまぐわって、潤みきった身体をまた濡らして、ふたりは息を荒く乱して吐精した。

「もう動けない……」

私も、と頷くアルだが、クロードの上にのしかかったまま「でももう動けなくてもこのままで構わないです」なんて甘えてくる。

——かっこいいのにかわいいまで装備してるのは反則では……?

アルを好きでたまらない気持ちも、俺の推しかっこよすぎ、なんて気持ちもぐちゃぐちゃ混ざり合って、ついでに前世の人生経験分も加味したちょっとお兄さん気分までも入り混じり、アルのことが本当にかわいくて愛しくて仕方なくなる。

自分の上のアルの、頭を抱きしめてクロードは大きなあくびをした。

「ああ……服、どうしよう……舞踏会のドレスじゃさすがに学院には行けないよな……」

「私の服ではどうでしょう？」

「男物じゃないか。――いや、別にいいのか、もう」

「もう、とは？」

首を傾げるアルに、クロードは苦笑した。こんなにも深く自分を見せてしまったのだから、もはや何も取り繕う必要はないか、と思ったのだ。

「いや、アリス嬢に男だってバレたくなかったんだよ。……俺が美しすぎて恋されちゃったら困るだろ？」

ほらここ笑いどころですよ、と自分自身で笑って見せるも、アルはきょとんとしている。ラウルなら一発で笑うところなのだがと思っていると、アルはうっとりした目付きで、ほぅ、とため息をついた。

「あなたは本当に聡明な方ですね。その自衛は必要不可欠です」

「……は？　え？」

「先ほども言った通り、あなたの男性装は女性装よりもさらに美しいですから。アリス嬢は審美眼に優れた女性です、まず間違いなくあなたの虜になったでしょう。さらにその心映えを知ってしまっては、恋しないわけがありません。たかが男爵令嬢と侮る者もいますが、かの令嬢は間違いなく私の敵になる格があります。あなたが先見の明をもって美しさを女性装の中に隠していてくれて本当に、よかった」

「………お、おう」

まさかこんなところに自分の強火ガチ勢がいたとは。アルの愛に引きはしないが、その饒舌ぶりにはちょっと恐れ戦いてしまったクロードだった。

「ただ、今はアリス嬢はヴィクトール叔父と愛を育んでおられるようですので、あなたが男性の姿をしても目移りなどはなさらないと思いますよ」

「えっ⁈」

なんとアリスの本命はヴィクトールだったのか。だからさっき、アリスはアルに興味がないと断言できたのだろうか。

「私とアリス嬢を接触させようとするあなたは小憎らしかったですが、アリス嬢ができた女性なのは確かです。ラウルからヴィクトール叔父にどうかという推薦もありましたし、あなたには人を見る目がありますよ」

「推薦って、そういう……」

ラウルの王族の嫁に推薦発言のお相手はヴィク様だったのか。

ちょっと色々誤解していた、とクロードは呟く。納得と安堵と共に、じわじわと眠気が押し寄せてきている。

アルが腕を伸ばし、枕になってくれるのを感じながら、クロードは目を閉じた。

13

優秀な家宰に起こされ、眠気を引きずらないようさっぱりとした柑橘系のジュース付き朝食を用意してもらい、ちょうどよい時間に学院へと送り出された。

女性装の時は下ろしている髪をポニーテールにくってもらうと気分もしゃっきりする。それに男の姿だと何しろ支度が早く済んでよい。男声で話せるのも楽で仕方ない。

――女性装だとパニエとかつけてるから下手すると男装の方が軽量だよなあ。

馬車から降りる場合も、ドレス姿のときのようにアルにエスコートされることはないのだ。

学院に到着し、しみじみと、ああ男の姿に戻ったんだ、と噛みしめていると、御者の開けたドアから先に降り立ったアルが、いつも通りに手を差し伸べてきた。

――習慣って怖いなあ。

くくっと笑って、伸べられた手のひらをポン、と軽く叩くクロードに、アルもハッとしたように苦笑した。

「ドレスじゃないと馬車からも降りやすくていいな」

「まあ、そうなんですが。ただ――」

言いさして、アルは周囲を見回した。

「女性のように扱うのはともかく、腕は組みたいところですね」

「え？」

内緒話のように顔を寄せられ、どきりとする。だが、アルと同じように辺りを見回せば、何やら視界の範囲の全員がぽかんとした顔でこちらを見ていた。

——ああ、みんな俺がクロディーヌってわからないのか。

クロディーヌが実は男と知っているのは同学年の法学経済コースの者のみ。その者たちだって、クロードの容姿など覚えていないはずだ。新学期以降ずっとクロディーヌと連れ立っていたアルが、謎の男と登校したら気になって当然だろう。

なんて理解をしたクロードに、アルが「あなたの容姿に皆色めき立っていますよ」などと嫉妬をあらわに見せる。

どうも昨日からこの王子様おかしい。ついクロードは遠い目になる。

前世の記憶が戻った当初、自分でも鏡を見てさんざん美形だイケメンだと騒いだけれど、さすがにもう慣れてきた。アルだってなんだかんだで夜の街でさんざん飲み食いした仲なのだからいい加減慣れていいはずなのに、この手放しの褒め言葉はどうしたものか。

「さあ、教室に行きましょう」

「あ、う、うん」

腕を組むまではしなかったが、隣り合い、するりと指を絡めて手を繋いでくる王子様。強い。というか腕を組むより恥ずかしい気もするが、アルがご機嫌なので、まあいいだろう。パッと見にはくっついて歩いているだけに見えることだし。

なんて甘い考えで教室へと辿り着くと、アル推し三人娘がずざざっと寄ってきた。卒なく会釈するふたりと、生まれたての小鹿のように打ち震えるローラが食い入るようにこちらを見上げてくる。

「アルベリク様、クロード様、本日はご機嫌麗しゅう。僭越ながらお慶び申し上げます」

「今日この良き日におふたりとお会いできましたこと大変嬉しく思いますわ」

「ご、ごきげんよう……皆どうかしたのか……？」

何やら妙に寿がれていてクロードはちょっと引き気味だ。もう裏声出さなくてよくなるんだ、と自身も喜んではいるのだが、ここまで祝いの言葉を掛けられることでもなかろうとも思う。そんな中まだ挨拶の言葉を発していなかったローラが顔を覆った。読経のような低音で「尊い尊い尊い」と早口で百回くらい呟いた後、ものすごい勢いで顔を上げた。溶けたチーズのように笑み崩れている。

「アルベリク様、クロディーヌ様……いえっ、クロード様、ご、ごきげんよう……！」

「ご、ごきげんよう……」

「ごきげんよう、ローラ嬢」

萌えを理解しているクロードですらちょっと引き気味の対応をしてしまったというのに、アルはにっこりにこにこ麗しい笑顔で対応している。これが王族メンタルか、と思っているところへ、新たな登校者がやってきた。開けっ放しだったドアから現れるなり文句を垂れ流してくる。

「ひどいよアルベリクもクロディーヌも、どうして今日は迎えに来てくれなかったんだ？」

どうやら起こしてもらえず遅刻ぎりぎりになったらしいラウルはよれよれだ。主教室が違うのにわざわざ文句を言いに来たらしい。だが顔を巡らせた途端に目を見開いた。

「……クロード⁉︎　えっクロディーヌじゃなくてクロード！　お前、そんなに美しかったっけ？　待ってよ、なんで女性装より美しいんだ？　マリウスがお前のことを美しい兄とか、美しい顔で抱きついてくるので焦ると言っていたのは本心だったのか？」

なんということだろう。マリウスは自分に呆れてあんな態度をとっていたのではなく、やっぱり照れていたのだ。

しかし自分の顔面偏差値については承知していたが、ラウルのテンションがおかしくなるほどかと思うところこそばゆい。

「そんなに褒められると少し恥ずかしい」

「褒めてるんじゃなくてつまらないいんだよ僕は！　マリウスがお前の美しさを語るたびに大笑いしていたのに、もう笑えなくなってしまったじゃないか」

「悪いな、面白ネタがひとつ減って」

嘆くラウルが面白くてニヤニヤしながら謝ると、無駄に美しい、腹が立つ、と勝手なことを言う。

ようやく悪役令嬢として一矢報いられた気分だ。

「おはようございます。なぜ皆様、こんな入り口に……？」

ラウルが開け放したドアから、ひょっこりと顔を覗かせてアリスが首を傾げた。

アリスに恋している疑惑が払拭された今、気になるのは男のクロードをアリスがどう思うか、だけだ。クロディーヌがいなくなり、まごうかたなき学園一の美少女となったアリスは、アルとクロードの顔を見て、繋いだ手を見下ろして、もともと大きな目を一層大きく輝かせた。

「とっっってもお似合いですわ、おふたり……!!」

いつになく強い語調のアリスを、アル押し三人娘がうんうん頷きながら取り囲んだ。先ほどからのこの言動。もしかするとアリスを含む彼女らは、『アル推し』というより『アルの恋応援し隊』だったのかもしれない。恋心を悟られていたのだとしたらアルもまだまだだ。

——でも楽しい。

なんて騒がしくも賑々しい日々だろうか。

そこへ、「兄……ではなく、姉上はちゃんと登校しているか確認に来ました」とマリウスがズカズカやってきて、男のクロードの姿を見てなんともいえない顔をし——わやわやとした日常はより騒々しく愛しいものとなったのだった。

※※※

月初に行われた建国祭において、叔父ヴィクトールと交際中のアリスが『光の乙女』となった。

アルベリクと共に、アリスが泉の水を光らせるところを見ていたクロードは、驚きよりも納得の顔で彼女を見守っていた。アリスが『乙女』である確信が、何かしらあったに違いない。夜の中、輝く泉の水に照らされた恋人の横顔はそれは美しく、人前で安易にキスをしないように、というクロードの言いつけを守るのが辛く、大変だった。

泉から上がった『光の乙女』アリスの一声「夢を見ました」の続きは、異界で紡がれた物語だった。

今後一年間アリスは、異界の夢を見てはそれを語り、文書方が記録に取る、という作業をすることになる。作業しやすくするため、光の乙女の館で起居することになるのだ。

ちなみにアリスは『物語乙女』に分類されることになるだろう。最初の『夢』が、その年の乙女の方向を示すのだ。『物理乙女』か『化学乙女』が国のためには有用だったが、アリスの語った物語にひどく真剣に聞き入っているクロードを見ていたら、これでいいのだとアルベリクには思えた。

ひとしきり物語を語り終えたアリスは、王への拝礼の後、衆目を集めながらこちらへ挨拶へとやってきた。クロードが興味津々の体で「今日の物語は漫画の話ではないのか」「夢とはどんなふうに見るのか」と尋ねている。マンガとはなんだろうかとアルベリクは首をひねるが、アリスはその通りですと頷いている。ふたりで通じ合っているのはちょっと気に入らない。あとで問わなくてはならないだろう。

しばしマンガについての話をしてから、アリスは少し考えるようにして、どのように夢見るかについて答えた。そういえば、異界の知識を持ち帰る夢がどんなものか、詳しく聞いたことはなかった。

「夢は、そう、わたくしの場合はですが、初めは異界の街をうろうろと歩き回る自分を見下ろしていました。やがてあれは何かしら、と気になったところへと足が向き、そこで漫画と出会ったのです」

「へえ……漫画と……」

「気になるひとつを手にした途端、その世界で描かれた多くの物語がわたくしの頭の中に流れ込んできました。一年で語りきれるかわからないほど大量の物語です。そしてそのあとは——そう、学院の面談室のような場所で、異界の方とお話ししましたわ。あちらも夢の中にいたようです。明晰夢(めいせきむ)、とおっしゃっていました」

それは、こんにちは、という挨拶から始まる、なんというか間の抜けた面談だったという。クロードは「シュール」と呟いている。

「異界の方が、こちらの世界について知りたいとおっしゃいましたので、わたくしが見た範囲内での、あちらの世界と違う部分についてお話しいたしました。その方は、ゆるゆる異世界、と呟きながらメモを取っていらっしゃいました」

あとは、とアリスはにっこり微笑んだ。

「何かわたくしの身の回りで恋話はないかと問われましたので、アルベリク様とクロード様のお話をいたしましたわ。美しいお姉様と思っていた方が、実は美しい男性だったのです、と。わたくし恥ずかしながらたしなむ程度に絵を描くのですが、せっかくだからと皆様の似顔絵も描いて事細かにお話ししましたの」

「ちょ……それ⁈」

何がそれなのかわからないが、クロードは非常に驚いた顔をして、しかし納得しているようだ。異界の者にどんな人間がいるのか、どんな出来事があったのかと尋ねられたので、問われるままに教えた、とアリスが話した内容を語るにつれ、その納得はより深いものとなるようだった。

「それであのゲームにね……乙女ゲーにするため改変したってところかな……なるほど、ゲーム内転生ではなく異世界転生だったと……。乙女の夢ってのは過去の日本との交信なのか……？　俺が生きてる頃に出たゲームだしな……他の乙女にも会えるなら時系列わかるようなこと聞いてみないと……」

わからない単語の羅列に、やはりクロードも光の乙女の資格があるのでは、とアルベリクは真剣に吟味した。

だがひとしきり唸ったあと、クロードは非常にすっきりした顔になってアリスに微笑みかけた。

「ありがとうアリス嬢。おかげでここ二ヶ月くらいの物思いが吹き飛んだ」

「よくわかりませんが、クロード様のお悩みが解決できたのならば嬉しく存じますわ」

にこりと微笑み、アリスは優雅に一礼して見せた。クロードの言動に疑問点は色々とあるだろうにすぐにはガツガツと質問してこないあたり、アリスは大変よくできた令嬢だ。そのうち場を設けてくれと請われるだろうから、その時アルベリクも同席してクロードの話を聞くことにしよう、と思う。

「そういえば、アルマン叔父の取調べの第一段階が終わりました」

アリスが友人たちの元へと向かうのを見送りながら、いつクロードに知らせようかと心の中でこね回していた情報をアルベリクは口にした。完全な裏取りはまだこれからだが、信憑性のあると思われる部分を――王への反逆は本当に考えていなかったらしい――クロードに語る。

曰く、年子の兄である王に認められたいとずっと励んできたのに、財務でも法務でもなく納税局の局長に任命されたことが悔しかった。裏金を蓄え密かに軍備増強をすることで、役に立つと兄王に認められたかったのだそうだ。

なんと愚かなことを考えたものか。父を褒めちぎるアルマンを幼い頃から見ており、大変近しく思っていたためアルベリクは深く失望したのだった。

真剣な面持ちでアルマンの供述について聞いていたクロードは、しばし黙り込んだあと、ぽつりと
「バカだなあ、アルマン局長……」と呟いた。まったく同意だ。

だが、すぐに顔を上げると、皮肉な笑みしか浮かんでこないアルベリクの背中をぽんと叩いて明るく笑う。

「でも、王をどうにかしようとか本当に考えていなかったんなら、よかった」

「……よかった……？」

「よかったよ。王もお前も、アルマン局長にとっても」

心底からそう思っているのだとわかるその顔に、アルベリクは何かひどく救われた気がした。

そうか、と思う。きっと、アルマンの愚行を全面的に蔑んだせいで、かの叔父への好意が行き場をなくし、アルに陰鬱な心持ちを植えつけていたのだ。クロードのように、アルマンが腐りきっていなかったことをただ喜ぶ部分を、自分に認めてやればよかった。反目した相手にはひと欠片の好意も残してはいけないなんてことは、きっとない。

晴れやかな気持ちになって、それをもたらしてくれた相手と指を繋げば、見返してくるのはそれこそ晴れた明るい湖の色をした瞳だ。

美しい。かわいい。大好き。

そのどれもが言葉足らずな気がしてもどかしい。

「今すぐあなたにキスがしたい」

アルベリクはそっと囁く。

その言葉が、キス以上の意味を示していると知る恋人は、恥ずかしそうに笑うと、「俺も」とアルベリクに抱きついてきて、それはそれは甘いキスをした。

こんにちは！　読んでくださった方、ありがとうございます♪　切江真琴です。

クロスノベルス様からの三冊目はなんと悪役令嬢（男）となりました！　世の中の悪役令嬢ジャンルはたいてい、現代から悪役令嬢に転生しちゃった女の子が不幸を回避するため頑張る↓みんな悪役令嬢にメロメロ！　というパターンが多いんですが、クロードさんの場合、虜にできているの、アルだけですね……（笑）。

当初はラウルもマリウスもクロードのことが好きってことにして〜なんて野望を持ってたのです。自分に振り向かない相手をからかう切ないチャラ男とか、実の兄弟ゆえに自分の気持ちを抑え込む弟とか大好物なので……！　なのに、ラウルは冷たくされて喜ぶ変態になり、マリウスは美人の兄にはわはわするツンデレになり、わたしの野望は見事に潰えました。しょんぼり。

舞台は作中でも書いている通りゆるゆる異世界で、そのうえ現代日本の知識を得られる光の乙女ちゃんたちがいるので衛生面でもジャンクフード面でもいいとこどりできてお得な設定だなと思いました♪（自画自賛）

あとがき

ちなみにキャラ名をフランス語から取っていることもあり、フランス革命が舞台の名作漫画を読み直したところ、「そうだ、義賊出そう」と思ってこんな筋立てとなりました……名作の威力はやはりすごいです……。
イラストは林マキ先生です！　私の文章よりも数倍、アルに色気があってかっこいいです！　クロードは美しくも元気でかわいくてほんとに眼福です……さらに脇役たっぷりのこのお話に、いろんなキャラをデザインして描いてくださいました♪　女子がみんなかわいくて嬉しい……！　ありがとうございます〜！

女装悪役令嬢という色物ですが、根っこは黒髪イケメン×天然美人というものやつです。楽しんでいただけていたら嬉しいです♪

CROSS NOVELSをお買い上げいただきありがとうございます。
この本を読んだご意見・ご感想をお寄せください。

〒110-8625 東京都台東区東上野2-8-7　笠倉出版社
CROSS NOVELS 編集部
「切江真琴先生」係／「林 マキ先生」係

CROSS NOVELS

腹黒甘やかし王子は女装悪役令嬢を攻略中

著者
切江真琴

2021年3月23日　初版発行　検印廃止

発行者　笠倉伸夫
発行所　株式会社　笠倉出版社
〒110-8625　東京都台東区東上野2-8-7　笠倉ビル
［営業］TEL　0120-984-164
FAX 03-4355-1109
［編集］TEL　03-4355-1103
FAX 03-5846-3493
http://www.kasakura.co.jp/
振替口座　00130-9-75686
印刷　株式会社　光邦
装丁　コガモデザイン
ISBN 978-4-7730-6078-2
Printed in Japan

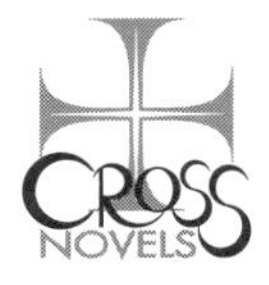